风云韭菜坪

淳安县千岛湖传媒中心 编著

团结出版社

图书在版编目(CIP)数据

风云韭菜坪/淳安县千岛湖传媒中心编著. －－北京：团结出版社，2019.5

ISBN 978－7－5126－7028－0

Ⅰ．①风… Ⅱ．①淳… Ⅲ．①革命故事－作品集－中国－当代 Ⅳ．①I247.81

中国版本图书馆 CIP 数据核字(2019)第076974号

出　　版：团结出版社
　　　　　（北京市东城区东皇城根南街84号　邮编:100006）
电　　话：(010)65228880　65244790
网　　址：http://www.tjpress.com
E－mail：65244790@163.com
经　　销：全国新华书店
印　　刷：济南精致印务有限公司
装　　订：济南精致印务有限公司

开　　本：145×210mm　32开
印　　张：5.25
字　　数：120千字
版　　次：2020年1月　第1版
印　　次：2020年1月　第1次印刷

ISBN：978－7－5126－7028－0
定　　价：38.00元

前　言

　　继2018年7月1日至10月1日在《今日千岛湖》等媒体上连载,并引起强烈反响后,红色章回体纪实文学《风云韭菜坪》即将付梓。作为这项红色遗产抢救工程的组织者,我对此感叹不已,感慨万千。

　　集山区、库区、边区、老区于一身,这是淳安历史与现实的真实写照。如果说,山区体现着壮丽,库区书写着壮举,那么,边区则印证着壮怀,老区更记录着壮烈,这些都注定成为我们这个族群的历史印记和先天胎记。虽然,历届县委县政府对红色史料的抢救发掘工作给予了高度重视,无数的"红色司马迁"也为此做出了很大的努力,但在浩瀚如千岛湖的淳安革命史料中淘宝,依旧难免有淡忘的宝玉和遗落的珍珠。

　　作为淳安主流媒体和信息平台的龙头,多年来,千岛湖传媒中心不负县委重托与群众期盼,激发创新精神,身负时代担当,因应时代,奋力开拓,倾心全媒体发展,倾力融媒体建设,不断提高新闻舆论传播力、引导力、影响力、公信力,更好地引导群众、服务群众,成为省内乃至全国同行业的佼佼者。从2015年起,我们先后与王阜乡荷花坪、横路村结对,相继向两村派驻了第一书记开展工作。期间,领导班子成员屡屡下乡进村,调查研究,倾听民声,了解民情,共商村是。在其过程中,作为浙皖边区乡村,流传及散落在该地的大量的红色记忆和历史遗存,引起了我们的高度关注。这其中包含着中共地下党组织的活动痕迹,共产党领导下的新四军皖南游击队的斗争轨迹,中国人民解放军皖浙支队的战斗事迹,以及横路村(韭菜坪)早期革命群众的当事心迹等等。我们发现,随着历史光影的远去,许多当事人带着遗憾相继离去,这里连绵的"红色史记"有不少已经逐渐被时光撕成碎片,濒临消失。

为进一步挖掘革命老区的红色资源,弘扬先烈们不怕牺牲、无私奉献的精神,激励后代奋发有为,促进当地发展,千岛湖传媒中心应横路村两委的请求,组建专门工作班子,抽调精干采编力量,达歙县,进金川,经瓦上,走东山,到芜湖,查阅历史档案,走访专业人士,寻访红色遗迹,采访知情群众,面访烈士亲属,拜访游击队员。按照"精心、精细、精确、精彩"的要求,采写人员认真整理采访材料,细心判读研究资料,广泛查阅档案史料,可谓全身心投入,满负荷工作。历时半年,继红色史诗《光耀淳安》之后,《风云韭菜坪》终于通过千岛湖传媒中心的媒体集群,与广大读者见面。

可以说,该著起自于红色革命见证者及其传承人魂牵梦萦的历史结疤,源自于千岛湖传媒中心与王阜乡横路村的帮扶结对,来自于传媒中心一班人与横路村两委的心旌结缘,出自于当事人回忆与采写者考证的共同结晶。

为淳安的红色宝库再开一扇门,为淳安的血色丰碑再砌一块砖,为淳安的金色时代再添一缕光,为淳安的彩色未来再吟一首诗,这是我们的职责,更是我们的使命。对此,我们义无反顾,义不容辞。

在史料成书过程中,王阜乡党委、政府,横路村村两委及全村干部群众,凭借着同样的感动,产生着同频的震动,付诸着同步的行动。用记录告慰先行者,将史实传与后来人,让我们在一起承受工作的艰辛和疲惫后,共同分享由此带来的自信与自豪。

淳安县千岛湖传媒中心党组书记、主任　宋士和

2018年12月15日

目录

第一回 老村民秋风之中得重病
严家源大山深处存疑云

　　词曰：远去着瑟瑟刀光，暗淡了斑斑血痕，先辈常入梦，烈士永比邻。曾记否，金戈低回天堂庵；怎能忘，钢颅高悬旌德城。似听见，雾云洞中誓言声；又闻得，邵家坪里号角鸣。赤色铺横路，红土留英魂。无奈岁月如逝水，可叹壮士成故人。后生立传留记忆，莫让史诗封烟尘。

　　有位党史研究者曾经说过这样的话：淳安是个红色的老区，位于严家源头的浙皖边区是一块血色的山谷。在那个特殊的年代，这里上演了一幕幕比电视剧更为曲折的传奇。尽管岁月渐行渐远，历史蚀成碎片，但党史中时常冒出的这些地名、人物、事件，却在红色淘宝人的眼前不断闪现。

　　著者了解到，这些堪称传奇的真实故事，已经让很多参与者和知情人刻骨铭心、魂牵梦萦，甚至死不瞑目。

民间有句谚语：八月冷，九月温，十月有个小阳春。

2007年10月，山外正值人称"小阳春"的时节，浙皖边界严家源头的大山深处，却因为处于一年当中日照时间较短的时段，所以已是凉意阵阵。村前美女尖的山坡上，散落的山核桃树叶已经将地面铺成了枯黄色。烤火又成为山里人的习惯动作。一天晚饭后，吕义高老人在火炉边稍坐了一会儿后，就吃力地站起身，像一架齿轮油不足的机器，迟缓地移到床边，和衣躺下。

吕义高一生勤劳，虽已年过八旬，依然手脚不停。近段时间来，吕东辉、吕友美姐弟发现老父亲的行动明显迟缓，反应变得迟钝，几次要送他去医院检查，但老人的回答都是：没事的，睡一觉就好的。这次，当儿女们提出要送医时，老人却没有说话。

半夜时分，老人把儿子吕东辉叫到身边，说了一句让旁人不解的话：这个胡德金，做事不牢靠，他，真是聪明一世，糊涂一时啊！

接着的是一声叹息。

吕义高土生土长的这个村有一个十分通俗的名字，叫韭菜坪。

　　当地有句俗话：八都八个坪，最偏韭菜坪。韭菜坪村位于浙江省淳安县王阜乡严家源头的群山深处，西北部与安徽省歙县金川乡接壤。2007年，淳安县行政区划规模调整，与毕家源、水竹坞、上龙门四个行政村合并，因四村在山峦之间形成一横路线，所以命名为横路行政村。村委会驻地为水竹坞自然村。

群山深处的韭菜坪自然村风貌

　　属地山高地偏，经常云遮雾绕，9平方公里的横路村，崇山峻岭和深涧高坪间，零星分布着20余个自然村。很多自然村充其量不过是个两三户人家的居住点，而且祖上取地名时，也是充满着十分简朴的形象思维或纪念意义。很多地名的来历，村里的老人们从小就听长辈"谈白话"时说起过,每个村名都有一个或几个好听的故事,并一直印刻在心里。

这真是,高山更能接日月,流民亦可续传奇。预知后事如何,请看下回分解。

第二回　吕义高临终之时留遗憾
横路村自然群落说传闻

　　横路行政村紧邻安徽地界的是毕家源自然村,原是150多年前毕姓人家的徙居地,故用此名。后来毕姓家庭败落,鲍姓家族迁入,但一直沿用原名至今。花树下的来历是村庄中有一棵粗大的合欢花树,村里方姓居多。水竹坞居地属深山坞,又有大片水竹林,所以干脆以此作村名,村民也多为董姓。大柱坑地形很像山民挑担肩用的搭柱,所以称为"搭柱坑",岁长时久后变音为"大柱坑"。大太坪有大小两块平坦地,形似"太师椅",故叫大太坪。

　　病来如山倒,一辈子都在浙皖交界的大山里成家立业讨生活的吕义高,第二天就被亲属们运出了韭菜坪,送进了山外的医院。

　　在行政村调整前,韭菜坪属于单独的行政村,有120多户,400多人口。村民姓氏繁杂,但以胡、占、叶姓居多。传说祖先迁到这里定居前,遍地是野生韭菜,村址在坪上,故称韭菜坪。吕义高老人的居住地叫庙后自然村,位于美女尖南麓的山洼平坦处,来历是村庄在一座庙宇后面。

原韭菜坪行政村所辖的自然村最多,靠坡傍沟,星罗棋布。除了庙后,还有住着10几户多为叶姓人家的朱葛坞,住着4户占姓人家的木九坪,住着几户方姓等人家的三坪,有六七户罗姓、方姓居住的外塔,5户罗、洪姓氏的岭号坞。还有大坞岭、郑家前、大柱岙、外凹等居住点,其中位于美女尖南坡的中碓坞仅有1户2人居住。

在山外的医院里治疗了一个多月后,就像一株耗尽养分、近乎枯竭的老树,吕义高的生命进入了倒计时。也许是从医生无奈和亲属痛苦的神情中发现了什么,老人用微弱但很干脆的话语,给子女下了命令:送我回去,韭菜坪!

回到韭菜坪庙后家中后,吕义高常让家人扶他到门口坐坐,面对着对山美女尖山腰的雾云洞方向,口中念念有词,似乎在重复着几句古老的偈语。前来看望他的亲邻们以为这是老人神志模糊的表现。

2007年12月8日,吕义高进入了弥留之际。只见他使劲撑开双眼,紧紧抓着儿子的手,喉头不断发出一个个似乎单词的声音。村里几位老人都说，他有话要说呢，不然咽不下气呢。儿子吕东辉将耳朵贴近老人的嘴边：爸，您说，我听着呢。雾云洞、啊、胡德金、党证、程支书、唐司令，啊？胡何仙，恩，您放心，我记住了——

说完这一连串看似互不关联、让人一头雾水的词组后，老人竟像卸下了一块压在心头多年的石头，松开了双手，将生命定格在82岁的节点上，停止了呼吸。

其实，老人临终时念叨的这些名词，都是他一辈子挥之不去的念想，一生中弥补不了的遗憾。对此，大多数年轻的乡邻没有丝毫印象，村里的几位老人略知一二，而作为儿子的吕东辉却十分清楚，因为，老人生前神志清晰时曾多次和他说起过。将这些看似没有关联，其实错综复杂的名词串联起来，就是韭菜坪的一部腥风漫天的喋血片，一段充满传奇的革命史。

这真是，当年红旗对冷月，今朝老汉作遗言。预知后事如何，且听下回分解。

第三回　　浙西工委成为流动火炬
八都源头播撒红色火种

上回说到，吕义高带着过去的亲身经历、现今的"红色记忆"离开人世。其实，在横路村，特别是韭菜坪自然村，像他一样揣着"红色记忆"、带着终身遗憾离世的老人还有好几个。对此，村里的几位干部深有感触，并为此产生了越来越强烈的冲动。随着时间流的冲刷和见证者的离去，他们，有责任去刻印血色的岁月，抢救红色的遗产，留住村史的根，慰藉烈士的魂。

从2017年开始，已任横路村党总支书记的吕东辉和村民委员会主任叶稳朝等，就将这项工作提上重要日程。他们走进党史办、档案馆，捕捉着史料上的痕迹。走访见证者、当事人，还原着记忆中的片段，拜谒老战场、烈士墓，力图拼接起那段即将被历史湮没的红色碎片。于是，发生在韭菜坪的那些惊心动魄的传奇故事，逐渐变得明晰起来。

1934年9月，也就是在中国工农红军北上抗日先遣队艰苦卓绝转战浙皖赣之时,中共闽浙赣省委正式下文决定成立中共浙西工作委员会,并任命中共皖南特委委员、中共歙南县委书记陈直斋为中共浙西工委特派员。省委决定,中共浙西工委由陈直斋、张元明(化名徐老七)、曹荣(惯称老曹)等5人组成。

由于处于腥风血雨的白色恐怖之中,所以当时中共浙西工委没有固定的活动地点,处于严密的地下活动状态。主要活动范围是淳安威坪地区的六、七、八都。陈直斋主要在安徽歙县三阳坑轸行里发展组织。后来,陈直斋率领一支十几人的游击队来到淳安西部浙皖交界的洞源、水碓山、合富、庄坞、闻家、韭菜坪等地活动,一直发展到威坪,并亲自在离威坪10余公里的吴山庵发展了一批党员,建立了一个党支部。中共浙西工委还准备在新安江边的古威坪汽车站建立秘密交通站,以便与上海临时中央局取得联系。

在中共浙西特委和游击队的积极工作下,浙西地下党的组织如雨后春笋般地建立起来。1934年11月至次年1月,中共唐村区委、洞源区委、碣村区委、八都区委相继建立。此时,已有基层党支部18个。活动区域普遍建立了红军组织,参加者达400余人。

1935年3月,陈直斋赴上海汇报工作,后一直未回。

临走时,将淳西的工作交给张元明(即徐老七)、老王等人负责。于是,李寿山、李春海、老王、许济民、周光荣、老邾、张元明等十几个骨干分子,继续在淳安西部的六、七、八都和临岐屏门的秋源、齐坑一带开展工作。

　　位于淳安八都源头的韭菜坪与安徽歙县山相接、林相连,原住民均为历朝历代或躲避战乱、或逃避灾荒由安徽迁入的。开始结茅为庐,垦荒求食,或繁衍生息,或自身自灭,处于听天由命的原始生态,所以呈现居住分散、姓氏杂乱的特点。村民的风俗、习惯等都具皖南风格,就连通用语言也多为皖南方言。由于韭菜坪地处偏僻,地理位置特殊,十分便于进退和隐蔽,所以,这里就成了中共浙西工委时常集聚活动和研究工作的区域。据该村几位高龄老人后来回忆,在高山坡上靠种植玉米等杂粮养家糊口的村民胡何仙的父亲胡林贵等人,可能那时已经是"党的人"了。因为,他们居住的山棚里经常会出现"陌生人"的身影。

　　有道是,干柴极会腾烈火,荒坡容易泄山洪。预知后事如何,且听下回分解。

第四回　韭菜坪旁孕育淳安县委
叛徒出卖引发血腥屠杀

　　革命形势的快速发展,使淳北皖南区域的红色火焰高高升腾。截至1935年4月,歙南、浙西地区已有2000多名党员、100多个党支部。为了适应革命发展的需要,方云志、方仲弓、潘先友等,在离韭菜坪不远的安徽歙县瓦上村的徐林寿家,召开了淳安各区委负责人会议。参加会议的有方和元、徐樟顺、胡良宜、罗观木等人。会议研究分析了当时的斗争形势和组织情况,并决定成立淳安县委,方云志任县委书记,方仲弓、潘先友任县委委员,县委设在距韭菜坪不足10公里山路的严家板桥村石板庵和屏门秋源境内的千亩田,隶属中共皖南特委。至当年6月,淳安西部地区就建立了8个区委,共38个党支部、300余名党员。与此同时,建立了农民团、农民协会等组织。

　　1935年夏,淳安西部山区久旱无雨,夏粮歉收,土豪劣绅却乘机囤粮高价出售,再加上国民党反动派的

位于王阜乡闻家村板桥自然村的中共淳安县委旧址

苛捐杂税，逼得农民无法生活，由此爆发了由党组织直接领导的"金竹暴动"。暴动的浪潮席卷了包括韭菜坪在内的淳北和皖南区域。暴动被残酷镇压后，国民党淳安县党部派曾任中共淳安特支组织委员的叛徒方上珍，冒充淳安早期共产党负责人打入淳西党组织内部，秘密侦查党组织的活动。方上珍到黄石潭骗取了唐金声的信任，并通过他在合富找到了曾任中共唐村区委书记的方和元。方和元将合富一带的共产党的组织和活动情况告诉了方上珍。方上珍如获至宝，立即密报了淳安县国民党党部书记徐荫圣，徐即呈报浙江省保安司令部。由此产生的连续效应，使已成气候的党组织遭受了灭顶之灾。从1935年11月至1936年10月，中共淳安县委所属的党组织和红军组织完全被破坏。据不完全统计，被枪杀的有5人，其中原中共浙西工委负责人张元明，被叛徒徐锡来率白军逮捕，1935年11月7日被杀害于威坪。被捕47人，其中共产党员31人，红军16人，很多被捕者被残害致死。

据村里的老者早年回忆，有几位共产党员和红军战士躲避至浙皖边区的韭菜坪等地深山中。负责搜捕的浙江省保安队疯狂搜山，甚至放火烧山，以图将红色的火种清除殆尽。

有道是，火上浇油火更旺，快刀斩水水更流。淳北地区的红色火焰虽然暂时被反动派的冷雨浇灭，但是其播下的红色种子却已悄然地植入了韭菜坪的土地中，它们在静候春天，等待阳光。由此也引出了韭菜坪红色历史上的一位传奇人物。预知后事如何，且听下回分解。

第五回　山棚里添丁加口应朝暮
胡林贵举家迁皖却成谜

　　词曰：水中恐无朝暮，山里不论日月。岁月稠，秋风烈，火炉茅棚能释愁，无忧即是宫阙。

　　深林可藏猛虎，穷极必当思变。云起处，百花谢，蛟龙入海待时日，敢将命运翻页。

　　上回说到，韭菜坪的红色历史上曾有一位名噪一时的人物，而要叙述这位传奇人物，还得从他的家庭说起。

　　1916年，对于中华大地来说是风起云涌的一年。这一年，中国还处于北洋军阀统治时期，袁世凯被迫宣布取消帝制，孙中山发表《第二次讨袁宣言》，全国多个省份以与政府决裂为要挟，要求执行《临时约法》。军阀混战，乱世春秋，真可谓梦里依稀慈母泪，城头变幻大王旗。

　　1916年，对于淳安县王阜乡韭菜坪（现在的横路村)的老百姓来说,却是平淡的一年。日出而作,日落而息,处于偏远的山里,虽然田地稀少、生活艰难,但是也免去了乱世中的许多纷扰。其中,村民胡林贵虽然过着"半野生动物"般的生活,却也有着山里人难得的乐趣。这一年,这位深山里的汉子有了自己的第二个孩子。他的妻子王田凤,在草棚里为他生下了一个可以传承香火的男孩。

胡林贵是土生土长的韭菜坪人,他一共有三个兄弟。他们的祖上是明末清初的时候,从安徽绩溪那边逃难过来的。当年,胡氏先祖穿越了安徽和浙江交界的莽莽大山,到了浙皖交界的韭菜坪,发现这里如桃花源一般平静祥和,且易避乱世,遂定居于此。

第一个儿子出生后,胡林贵高兴之余,立即为孩子取了一个名字:胡何仙,又名胡何水。

旧时代的山里人处于靠天吃饭、听天由命的生存状态,要想有所希望有所靠,只能生儿育女添锅灶。在生下胡何仙之后,王田凤又一口气生下了一男两女。最后,胡林贵和三田凤的膝下一共有了两男三女五个孩子。虽然养育起来非常艰辛,但是每当看到孩子们开心地玩耍嬉戏时,总有一抹笑容绽放在夫妻二人的嘴角。

山中无岁月，一晃20来年过去了，在风里雨里垦荒求食的霜暑轮回中，胡何仙长大成为了一名壮小伙。

都说穷人的孩子早当家，胡何仙当然也不例外。从孩提开始，他便负担起了给雇主家干活、帮助照顾弟弟胡花果、协助家里耕种等诸多担子，虽然生活清贫，但是因为家中和睦，也算苦中有乐。

渐渐地，胡何仙成长为了家里家外的一把好手。于内，因为姐姐出嫁，他成为了家中最大的孩子，和父亲一样，是干农活上的"顶梁柱"。于外，因为生性豁达，而且讲义气，他从儿时的"孩子王"，成长为了青年后生中的翘首。

可是就是1935年这一年，20岁的胡何仙，却跟着父母去了安徽绩溪。

有道是，平川难成虎豹勇，乱世方显英雄色。预知后事如何，且听下回分解。

第六回　清剿军焚毁胡家山棚
胡何仙确立红色信仰

上回说到，1935年，20岁的胡何仙，跟着一直生活在韭菜坪的父亲去了安徽绩溪。

胡何仙的祖上是从安徽过来的，到了他这一代为何又要"回流"呢？对于这一个问题，村里人有很多说法。

有人说，胡林贵一家去安徽"讨生活"，是因为韭菜坪山上的田地太稀少了。确实，胡林贵生有五个孩子，将他们拉扯大很不容易，随着孩子长大，山里现有的条件很难养活一大家子。

也有村民说，胡林贵一家是去安徽"躲祸"的。因为韭菜坪地处皖浙交界的大连岭山脉上，这里早年就是中国共产党地下党活动的区域。据《中国共产党淳安历史》(1919年—1949年)记载，1935年金竹暴动之后，我县的地方党组织破坏殆尽，大批幸存党员开始秘密撤退，到了安徽绩溪等外地。而据韭菜坪不少老人回忆,胡林贵就算不是地下党员,也是和党组织关系匪浅的进步农民。

不管如何,胡何仙跟着父母离开了韭菜坪,投奔了安徽绩溪的亲戚。

在韭菜坪乡亲看来,这一家人忽然就从大家的视野中"消失"了。

胡林贵离开韭菜坪之后,拖儿带女来到了安徽省绩溪县板桥头乡校头村。

板桥头乡位于安徽省宣城市绩溪县最北端,距县城21公里,东临金沙、扬溪镇,南与长安、华阳镇接壤,东北角与宁国县交界,西北两向皆与旌德县交界。该乡的田地山场资源丰富,全乡水田面积占全县十分之一。和韭菜坪相比,这里条件确实好多了。与此同时,绩溪县板桥头乡一带的红色革命基础也非常好,常常有新四军活动。

新四军是1937年10月第二次国共合作期间,由留在南方八省进行游击战争的中国工农红军和游击队改编的抗日队伍。安徽省的宣城泾县是当年新四军军部所在地,附近的绩溪县、旌德县、歙县等地,自然成了新四军活动频繁的区域。

胡何仙父母来到板桥头乡校头村后,便在附近的芦塘山上种山,顺便盖了一间简陋的茅草棚。平时靠山吃山,加上有附近乡邻的帮助,就此安顿了下来。

胡林贵一家以为,他们又将开始一段山居的日子。但是时局动荡之剧烈,出乎了所有人预料,竟然很快影响到了这个小山上。

1941年1月,新四军军部及所属的支队9000多人由云岭(今安徽省泾县云岭镇)出发北移,行至皖南泾县茂林(今安徽省泾县茂林镇)时,遭到国民党军8万多人的伏击,史称"皖南事变"。

为了彻底清除新四军残留力量,不久之后,国民党52师开始清剿芦塘山革命根据地,胡林贵的茅草棚因此被焚毁。无奈之下,胡林贵拖家带口"投奔"了南坑村的淳安老乡,并在村里租了一间房子。

颠沛流离的生活,折磨着胡何仙一家,也让胡何仙变得更加成熟与坚强。这位苦大仇深的山里汉子开始接触党的组织及其领导下的皖南游击队,并且找到了自己的信仰——共产主义。生活在社会的最底层,让他早早了解生活的艰辛,明白了只有中国共产党才能救中国。

1944年,胡何山经过了组织的重重考验后加入中国共产党。

有道是，山岗上，腾起几柱豪气；党旗下，又多一名战士。欲知后事如何，且听下回分解。

第七回　浙皖边区活跃游击队
风云人物齐聚韭菜坪

胡何仙入党的这一年,盟军在法国诺曼底登陆,开辟了第二次世界大战的欧洲第二战场,苏联红军展开反攻,为法西斯敲响了丧钟。

这一年,在中共中央发展河南、挺进中原的战略部署下,八路军、新四军相继派部队向河南敌后进军。与此同时,新四军留下一部分力量,积极发展苏浙皖边与浙江沿海地区的地方武装,强化敌后工作。这便是皖浙支队和周边其他武工队的前身。

巨变已经在酝酿,但是时局却错综复杂。国民党顽固派对共产党领导下的抗日武装依然磨刀霍霍,杀气腾腾,疯狂清剿、搜捕皖南新四军幸存人员以及其他抗日游击队。中共领导下的抗日武装时刻面临着来自白色恐怖的生死考验。

在党组织的培养下,在苦海里泡大的胡何仙明白了许多革命道理。错综复杂的革命斗争的历练,也使他具备了纯熟的武装工作技巧。他在韭菜坪艰辛长大成人，在皖南加入革命队伍，对皖浙边区的民风民俗非常熟悉，对当地的地形地貌了熟于胸，使他很快成为浙皖边区党组织的"参谋"、新四军皖南游击队的骨干，被当地百姓传称为"腰挎双枪、眼放毫光、飞檐走壁、夜行百里"的"飞虎将"。

作为皖浙边界的"万事通"，组织上交给了胡何仙许多重要任务。

在胡何仙等"本地通"帮助下，新四军游击队和武工队充分利用当地连片山脉的地形特点，开展革命活动，他们从这个村到那个村，从这座山到那座山，组织群众，发动群众，风餐露宿，进山穿林，打顽剿匪，扫恶除霸，积极宣传党的革命宗旨和方针政策。

对于一些条件成熟的山村，武工队还积极发展地下党组织，组织民兵、农会，并对当地的保甲长、地方绅士开展统战工作，然后由小村扩大到大村，积极吸纳武工队新成员，扩大革命根据地。

由于当时皖浙边界一带，常常有国民党第52师、63师以及地方保安团、自卫队等开展封锁和围剿，鉴于敌我力量悬殊，因此游击队、武工队一般白天分散游动，晚上集聚行动。皖浙边界的莽莽山林，为所有武工队员提供了最好的保护。韭菜坪的社庙、天堂庵、雾云洞，以及遍布山脊与山湾的歇脚茅棚，都曾是他们的据点和营棚。脱兔行风，灵活机动，让敌人即担惊受怕又无可奈何。

1947年初，披着早春的寒意，就着深沉的夜色，从韭菜坪奔向革命队伍的胡何仙数次秘密回到韭菜坪。他走农家，会乡亲，讲解革命道理，宣传红色思想，显现了他超强的群众工作能力。

当年农历二月，胡何仙再次来到韭菜坪。这次来的除了他率领的十几名游击队员外，还有几位浙皖边区大名鼎鼎的重量级人物。他们的大名有人视若神明，有人闻风丧胆。直叫那，观音像前，打出红红旗帜；雾云洞内，响起铮铮誓言。欲知后事如何，且听下回分解。

第八回　美女尖下迎来两位游子
雾云洞内集中一群山民

　　在中国共产党领导爱国军民与日寇浴血拼杀之时，国民党顽固派仍不时向同胞挥舞屠刀，皖南事变就是典型的血案。数千铁骨铮铮的新四军勇士惨遭屠杀，不少将士弹尽粮绝被捕后被投入集中营。其间发生了数次越狱暴动，唐辉、程灿等就是九死一生、冲破牢笼的新四军战士。他们坚守信念、不屈奋斗的风骨可谓动天地、泣鬼神。此处暂且按下不表。

　　抗战胜利后，国民党反动派更是把罪恶的枪口对准了革命军民，中国共产党领导人民奋起自卫，继而拉开了解放战争的序幕。

　　1947年，中共皖南地委将中共歙绩旌宁昌工委改为中共皖浙工作委员会，唐辉任书记。同时，以皖南游击队、武工队为骨干，组建了皖浙总队，唐辉任总队长兼政委，下辖三个连。尔后，皖南地委抽调地直机关连，由程灿率领，在皖浙边配合唐辉行动。唐辉在写给地委的信中指出："今后工作，决定争取时机，以主要力量集中搞淳安。"韭菜坪，作为皖南根据地进入淳安的重要隘口，自然成为了皖浙工委注目的焦点。

20岁时举家"逃亡"他乡的胡何仙，当年回到韭菜坪时，已经是一位坚定的共产党员，一个独当一面的革命战士。他的弟弟胡花果（又名胡夏苟）当年移居安徽后参加了新四军，在皖南一带从事革命活动。经过兄弟俩及其率领的武装工作队的前期走访、宣传与发动，韭菜坪村一批充满正义又初具觉悟的山民很快拧成了一股绳，在此建立党的组织、壮大红色武装、扩大红色区域、确保皖浙通道的条件基本成熟。在胡何仙率领的"先头部队"筹划、引领下，中共皖浙工委及其武装组织的主要领导聚集韭菜坪。当时，与皖南相比，淳安境内的革命力量显得薄弱，斗争环境依然十分恶劣，敌我双方的影响区域呈现犬牙交错态势，革命工作可谓"危险无处不在"。

"这是解放战争在淳安的最早期活动之一。"一位党史研究工作者曾如此评价这次行动。

"我们是一九四七年农历二月十九日晚上开的会。那天是观音娘娘的生日，雾云洞白天烧香拜观音的人很多，很热闹，是利用这个机会晚上集中的。我们第一次见到了唐（辉）司令、程（灿）支书、老王、芮胜、老朱，还有一位大家都叫他老谢的同志。村里参加开会的有我，还有胡金良、胡德金、胡德贵、胡义卷、胡义仁、胡义如等人，基本上都有亲戚关系。村里的詹立坤、詹发财当放哨员。胡何仙、胡花果兄弟俩带领的队伍保护我们。"

这是吕义高老人生前经常和子女及村里的后生们念叨的真实往事。毫无疑问，这也正是老人临终前，经常面对着雾云洞方向发呆的原因。因为，那里凝集着他一辈子最不易解开，难以释怀的情结。

这真是，人生经历万件事，情感揉成一个结。欲知后事如何，且听下回分解。

第九回　一座山峰流传美丽故事
万年洞窟演绎当代传奇

　　紧接上回。一九四七年早春时节,在皖南游击队骨干胡何仙的引领下,中共皖浙工作委员会书记、皖浙游击总队总队长兼政委唐辉,地区直属机关连总指挥程灿,以及老王、芮胜、老郏、老谢等领导同志化妆秘密潜入韭菜坪。他们将在白色恐怖中,在香烟缭绕里,生成淳安党建史上一个充满传奇的历史性事件。事件的发生地叫雾云洞。

　　雾云洞位于韭菜坪村南美女尖东南麓半山腰,洞口石砌,上圆下方。洞平进丈许,斜下,曲曲折折,宽宽窄窄,深不见底。据说与湮没在严家水库库底的龙王潭相通。此山过云称五云山,现叫雾云山,洞内供奉观音菩萨像。关于此洞的来历,当地人传说得活灵活现。

　　相传古时,有猎人打猎,放犬追逐一只大白兔,那兔不急不徐,沿着上山的小径,跑进此洞。猎人在猎犬的导引下进洞,白兔不见,猎犬钻入斜下之洞,久不出来,有人却见第二天才从仙人潭二潭(龙王潭)游出。再传隔天天气晴朗,碧空万里,当地干活的人都看见乌云山头忽升起五朵彩云,形如莲花,十分好奇。又传时隔不久,见一美妙少妇挎紫竹篮卖花线过韭菜坪,后往荒无人烟的乌云山去,村民好奇,便尾随到乌云山,见少妇进洞,村民尾进,却没有看见少妇身影。事不过三,几件奇事联想到一起,大家便以为是观音显化,有意在此山那洞落脚。于是村民筹资修洞,在洞内塑观音菩萨佛像,在洞外造凉亭,让村民上香朝拜。后来渐渐形成习惯,凡是观音诞辰日农历二月十九、成道日六月十九、出家日九月十九,邻近十多个村的信男信女,约定俗成,莫不前往,焚香膜拜,祈求平安。

此俗妇孺皆知,习以为常,不仅吸引远近香客趋附,同时也引来一些小商小贩,在洞外凉亭或上下路边,架锅设灶,供应小吃,设摊叫卖;而有时,那洞口亭子偶尔也会变成一处临时赌场,亡命赌徒们有时还会挑灯夜战,成为远近闻名的一处赌窝。

此洞此俗可谓由来已久。可惜文革时,雾云山观音洞亭被毁。二十世纪九十年代末,一位外地企业家得知其的红色经历后,遂出资重建,雾云洞恢复原貌,洞亭也得以修复。现今旧俗再兴,香客趋赴,每至节日,烛火辉煌,香烟燎绕,繁盛如旧。

一九四七年农历二月十九日晚,雾云洞前茂密的森林挡住了微弱的月光。观音像前烛光摇曳,香烟升腾,红色领导人和韭菜坪的"早期觉悟者"们以香客的身份,在洞前的亭子里会合。

韭菜坪雾云洞

唐辉、程灿等领导先后向大家讲了中国共产党的宗旨和奋斗目标,"要求大家带头革命,改变命运"。紧接着,现场挂起了一面红红的党旗,在程灿(几十年来,当事人一直习惯称其为程支书)的带领下,吕义高、胡德金、胡花果(二十世纪八十年代去世)、胡义惷、胡义仁、胡义如(1999年去世)、胡金良、胡德贵等近十位韭菜坪的村民举起拳头宣誓,表示"革命到底,永不叛党"。

宣誓仪式结束后,新党员们每人都领到了一张盖有红印戳的硬纸卡片,他们被告知,这张卡片是证明自己身份的，叫做"党证"。

由于绝大部分当事人不识字，又鉴于当时白色恐怖日盛，党组织活动处于"地下"的实际，为了安全起见，有人建议，"党证"暂时委托一名办事老诚的党员统一保管。没想到，这一建议却铸就了大家一生都难以抹开的情感缺憾。

这真是，春风有意驱长夜，风雨无情抹印痕。欲知后事如何，且听下回分解。

第十回　新党员雾云亭后藏党证
武工队叶家祠堂缴枪支

　　上回说到：一九四七年二月十九日晚，韭菜坪一批穷苦山民在雾云洞前举行了入党宣誓。为了保密起见，全体新党员的党证暂由同是新党员的胡德金统一保管。

　　当时国民党军及其所谓的地方保安团时常进山

雾云亭，地下党员的党证就藏在亭后的崖坎中

"清剿""肃红",挨家搜查"鉴别",在浙皖边界制造腥风血雨。万般无奈之下,胡德金将所有党证用油纸包好,趁夜埋在雾云亭后的山崖下。看官谨记话头,此处暂且按下不表。

从1947年开始,胡何仙根据上级组织的战略安排,凭借着地利人和与机敏勇敢,在浙皖边界的韭菜坪一带发展党组织,壮大游击队。此外,由于饥荒和战乱时期有不少韭菜坪老乡逃难到了安徽省绩溪一带,这些老乡也成为了胡何仙的考察和发展对象。

88岁(2018年),居住在安徽省芜湖市某小区一楼的胡云璋老人,便是当年韭菜坪诸多在外武工队员中的一个。

胡云璋1932年2月出生于韭菜坪。在他的记忆中,韭菜坪既是一个好地方,也是一个坏地方。在这里,有深山密林,景色优美,民风也非常淳朴。可是,因为地处大山,这里田地不多,大家生活贫困。

1944年,13岁的胡云璋离开了韭菜坪。原因很简单,父亲死得早,家里根本没有劳动力,加上韭菜坪上没啥田地,养活不了家里。

离开了韭菜坪后,胡云璋辗转来到了安徽省绩溪县桥头乡校头村,投靠了老乡。恰巧胡何仙家也住在这个村。老乡相逢在他乡,相互之间自然成为了依靠。胡何仙大胡云璋整整15岁,也就自然而然地成为了胡云璋眼里的大哥哥。

此时,胡何仙已经加入了中国共产党,是当地武工队负责人。

"我会永远记住1947年冬天,在自己的积极申请下,我加入了武工队。"胡云璋说,当时住在桥头乡校头村的韭菜坪老乡都知道胡何仙是武工队的,很多人都向往能够成为武工队员,自己也没有想到能够成为其中一员。

其实,胡云璋加入武工队一事,差点因为年龄问题搁浅。据其回忆,按照当时加入武工队的规定,年龄必须达到18岁。可是那一年,胡云璋才17岁。最后,还是胡何仙拍了板,决定破格收下了他。这其中,除了胡云璋当时身体条件不错之外,老乡因素也起到了很大作用。

胡云璋加入武工队之后,除了在胡何仙的带领下开展活动之外,也常常来到王阜和威坪一带展开工作。就在胡云璋加入武工队的这个冬天,初出茅庐的他就立了功。

事情是这样的,以前胡云璋常常到威坪叶家一带打长工,在和当地百姓闲聊时,得知地主家里有不少枪,就放在祠堂里。当时,武工队最缺的就是枪弹。于是,在一个月黑风高的夜晚,胡何仙派出郑光华、方明月两位战士,在胡云璋引领下,摸黑来到威坪叶家,趁地主熟睡之时,不费一枪一弹,就神不知鬼不觉地缴获了其存放在祠堂里的11支枪。

"因为顺利缴枪,我不但被武工队记了二等功,而且还奖励了一把手枪。"忆起七十年前的往事,刚出院的老人眼中放着光。

胡云璋和战友们后来了解到,原来这个地主有一个侄子,是"国军军官"。这些枪,便是这个侄子为了表孝心而送给叔叔在地方上"立威"用的。

年近九旬的胡云璋在安徽芜湖家中向著者讲述烽火往事。不久后离世。

　　胡云璋所在的游击队后来编入了中国人民解放军序列，他成了一名铁道兵战士。全国解放后，加入中国人民志愿军入朝作战，带着战功回国后一直在安徽芜湖工作，直至离休。

　　"他是英雄，我和他都是韭菜坪人！"当问起当年和胡何仙一起战斗的烽火岁月时，老人略显浑浊的眼中依稀噙满了泪花。

　　这真是，今逢功成身退日，更忆亮灯引路人。欲知后事如何，且听下回分解。

第十一回　保安团高额悬赏取人头
胡何仙雪夜接令赴会场

　　因为处于黎明前的黑暗里,敌我双方力量拉锯,斗争环境错综复杂,所以,活跃在皖浙一带的革命力量常常进行整合改编。分分合合,合合分分,对于当时的游击队、武工队来说,这是常态。

　　1947年11月底,中共路西工委撤销,成立歙绩旌工委。有着丰富斗争经验的胡何仙,成为了中共歙绩旌工委武工队的一员干将。他和战友们踏冰卧雪,披星戴月,打顽除霸,神出鬼没。崇山峻岭里,城镇乡村里,浙皖边区到处留下他们的战斗足迹。

　　据胡云璋老人回忆,胡何仙当时率领的武工队有100余人,胡何仙是总负责人,当时组织上任命他为第九纵队队长。当地百姓把胡何仙传扬得侠肝义胆,神乎其神,反动派及其地方恶霸却是"闻何色变",惶惶不可终日。驻守宣城、旌德等地的国民党军更将其视为眼中钉、肉中刺,必欲除之而后快。

皖南群众向千岛湖传媒中心采访团讲述胡何仙烈士的传奇故事

　　这一年，解放战争已经进入了第二个年头，人民解放军已经向国民党军展开了战略反攻。其中，刘伯承、邓小平率晋冀鲁豫野战军主力，于1947年6月30日向南强渡黄河，8月挺进大别山；随后，陈赓、谢富治率晋冀鲁豫野战军另一部于8月挺进豫西；陈毅、粟裕率华东野战军主力于9月挺进豫皖苏边区，三路大军在江淮河汉之间地区实施战略展开，形成"品"字阵势，互为策应，将战争引向国民党统治区，开辟了广大的中原解放区，威胁国民党军后方和腹心地带，与各解放区内线反攻相结合，使国民党军由进攻转入防御，逐步陷入被动。

胡何仙在上级组织的领导下，全力开展敌后各项动员、统战、牵制和军事斗争，尽最大努力配合全国解放战争，将浙皖边境闹腾得热火朝天。

黎明前夜，最是寒冷，更为肃杀。这一年，国民党当局在大势之下，依然负隅顽抗，除了在正面战场建立各种防线之外，还动用了大量力量，对南方革命根据地开展清缴，重点捕杀各个武工队的负责人。

胡何仙就这样上了国民党的"必杀单"，国民党军队开出了100块大洋的赏金，要买胡何仙的"项上人头"。

一九四七年冬季，寒风凛冽，万物萧疏。通过我党一名内奸的出卖，国民党军队掌握了胡何仙的行踪：这名"匪首"在板桥头南坑过年。他们决定借机发起致命一击。

一九四七年腊月廿三日，绩溪县板桥头乡一带笼罩在一片愁云中。天色阴沉如墨，山上树木萧条，前不久刚下的一场大雪，更是为大地镀上了一层惨白色。

板桥头乡四面皆山，中间是一大片平地，还有几个小山头起伏其间。当时的板桥头分里五保和外五保，其中，里五保称芦塘乡，外五保称横路乡。由于革命基础好，这里很早就建立了红色地方组织。

这一天晚上,胡何仙接到了表面上为芦塘乡乡长、实则是中共地下党员陈观宝的紧急消息,通知他和战友立即去外亘保也就是横路乡开会,接受重要任务。

多年的出生入死、东征西战,使胡何仙养成了霹雳烽火的战斗风格。头天刚从芦塘乡转战回家的他没有想到,一张黑色的毒网已悄然向他撒来。

胡何仙告别了妻子程桂花,不顾夜间寒冷,披上厚衣服,腰间挂上了一把驳壳枪,就立即出发了。

这真是,雾中陷阱难跳跃,伏里毒蛇最伤人。欲知后事如何,且听下回分解

第十二回　板桥头阵阵枪声刺夜幕
庄家岱皑皑白雪留英魂

词曰：记得少年韭菜坪，褴褛时常印泪痕，茅屋山棚栖身地，饥寒交迫熬命人。听天由命，视地如坟，以梦盼早晨。

党旗卷开阳光门，理想信念振精神，虎穴狼窝敢闯荡，高岗深涧任纵横。峥嵘岁月，铸就忠魂，用血祭黎明。

话说一九四七年腊月廿三日，胡何仙接到中共地下党员、芦塘乡乡长陈观宝传来的通知，要他立即去外五保也就是横路乡参加秘密会议。一向视令如山的他当即告别妻子，和几位战友一起离家上路。

胡何仙和几位战友从南坑出发赶往横路乡开会。几天前，他刚在皖南一幢徽派建筑的农居里见到了唐辉、程灿等领导人，听取了全国解放战争情况的介绍，让这位从韭菜坪走出来的红色战士心潮澎湃，热血沸腾,决心要以勇敢战斗、不怕牺牲的精神,迎接灿烂的黎明。回家途中,为了革命早已将生死置于度外他特意转到芦塘乡,与陈观宝等地下党负责人互通了工作意见。

南坑村属安徽绩溪县管辖,从南坑到横路乡须从板桥头出村,经交头,沿着依山形叠起的水田田塍,爬上一片视野开阔的当地人称庄家岱的山坡,然后越岭。这片开阔山坡的左侧有一条蜿蜒的山脊,迎面这侧是茂密的树林。此时,山坡因为相对平坦,所以已被皑皑的白雪覆盖,上面的人迹格外醒目。

正当胡何仙一行爬到庄家岱雪地正中时,"哒哒哒",附近山脊一侧的树林里一阵急促的机枪声,突然撕开了沉寂的夜幕,子弹如雨点一般,在他们身边的雪地上激起条条污痕。

"不好!有埋伏!大家快撤!"有着丰富战斗经验的胡何仙马上意识到事态的严重性,他当即掏枪,并发出一声怒吼。

胡何仙的判断是对的,埋伏在树林里的是国民党安徽皖南保安团。他们此次行动的目的只有一个:狙杀这批武工队的"匪首",换取白花花的大洋。

胡何仙和战友们一边用枪还击,一边向附近的山坡撤离。几名战士在他的掩护下，顺利爬上了山坡，冲进庄家岱上方的一片小山林。为了给战友撤离赢得时间，胡何仙和敌人对射着，直到打出了最后一发子弹。当他撤向山坡的时候，不幸发生了。

山坡与小树林之间有一个一米多高的崖岸，虽然由于冬季雪地冻滑，但矫健的胡何仙还是一个箭步跃上崖上，可就在这一瞬间，一颗子弹射中了他的腿部，他重重地摔落在崖下的雪地里。

得手的敌保安团嚎叫着冲出树林，向胡何仙包抄过来，"突突突！突突突！"又一串罪恶的子弹击中了英雄的身体。烈士身上溅出的热血将身下的雪地染成了红色。

胡何仙牺牲处

山峦间战友的呼声、敌人的机枪声和嚎叫声、远处农家的狗吠声……传进了胡何仙的耳朵里，似近又似远。躺在霜冻的上坡上，他已经无力扣动扳机，只能用眷恋的眼神，最后一次打量着"黎明"前的夜色，抱着深深的遗憾正壮烈牺牲。

这一年，胡何仙年仅32岁。

胡何仙牺牲后，他的几个战友辗转山林，最终全部脱险。

为了拿到100块大洋，伏击了武工队的国民党匪军们，残忍地将胡何仙烈士的头颅砍下，带到了安徽旌德县，向上级邀功领赏。

有道是，奉上头颅祭信念，笔蘸热血写理想。欲知后事如何，且听下回分解。

第十三回　胡何仙头颅高悬旌德城
　　　　保安团屠刀指向其家人

一九四七年腊月廿三日，当地上了年纪的人对这个日子的记忆至今依然格外清晰。当天夜里，一个传奇的战士惨遭毒手，一个红色的心脏停止了搏动。

得到了胡何仙的头颅，当初开出悬赏的国民党皖南保安团大喜过望。次日，旌德县城弥漫起一片阴森森的恐怖气氛。城墙上高高悬挂起一个铁笼，里面装着胡何仙那颗不屈的头颅。城门上张贴着一张充满威胁口气的告示。两侧，多名保安团士兵荷枪实弹，面目狰狞地扫视着过往的行人。

胡何仙壮烈牺牲的消息很快传到了韭菜坪，他引领入党的地下党员们怒火填膺。他们秘密来到烈士的牺牲地，协助当地群众抢回了他的身躯，同时找到处于地下活动的武工队，要求组织力量夺回烈士的头颅。以胡何仙为主心骨的战友们更是眦眦欲裂，先后制订了几套行动方案，并向上级请求付诸实施。但由于当时旌德城戒备森严,敌强我弱,为了防止遭受更大的损失,几套方案都被上级否决。

之后的一段时间里,无论是对胡何仙家人来说,还是对当地党组织和武工队来说,都是一段痛彻心扉、刻骨铭心的记忆。

事后,歙绩涟工委武工队的队员们在无奈之下,为胡何仙做了一个木质头颅,并将他的遗体安葬在了附近龙丛村的一个山坡之上。

解放后,在其战友们的要求和努力下,当地曾通过查档追踪、审问敌伪人员等方式,查找胡何仙头颅的下落,但均无结果,由此便成了一个永远的谜。

如今,每逢清明等节日,烈士墓前都会出现来自包括韭菜坪在内的浙皖边区干部群众凭吊的身影。

解放初期政府颁发给胡何仙革命烈士匾额,现藏于胡花果之子家中

　　胡何仙是地方武工队的负责人，他的牺牲，对于地方武工队的打击是巨大的。据胡云璋老人回忆，胡何仙牺牲之后，整个武工队的战斗力大为削弱。尔后上级对武工队进行整编。

　　对于胡林贵来说，大儿子惨死南庄，这无疑是一个晴天霹雳。然而，这位质朴的农家人还来不及从悲伤中挣脱开来，立即得到了另一个坏消息，国民党皖浙保安团表示，哥哥是共匪，弟弟肯定也是共匪！他们来到了南坑村，抓走了自己的小儿子，胡何仙的弟弟胡花果。

　　胡花果又名胡夏苟，在哥哥的引领下，早就成为了一名武工队员，早在胡何仙护送唐辉、程灿等领导人到韭菜坪发展地下党员时，他就跟随哥哥一起开展工作。只不过当时武工队活动属于地下，因此其身份一直没有暴露。虽然国民党军尚不清楚胡花果是否参与了武工队，但是胡花果平时和武工队保持了亲近关系，这是毫无疑问的。按照他们的说法，不管胡花果是不是武工队员，仅冲他是胡何仙的弟弟，也是要杀头的，所谓斩草除根嘛。

　　这真是，忠烈昭昭映日月，魔爪森森伤满门。欲知后事如何，且听下回分解。

第十四回　黑势力欲杀花果要赎金
　　　　　胡朵花卖身马山救兄弟

　　上回说到，胡何仙壮烈牺牲后，国民党保安团将其砍头示众。如此还不善罢甘休，竟将胡林贵全家抓紧大牢。

　　当时，浙皖边境国民党军重兵驻守，黑云压境，为了避免敌军围剿而陷入绝境，已经遭到挤压并受创的武工队没有轻易组织救援行动，而是实行了暂时的转移，以避敌锋芒。

　　包括韭菜坪在内的当地地下党组织也接到上级党组织秘密通知，即"在尽量不暴露身份的基础上，通过各种关系，利用多种手段，尽力营救烈士亲属。"

　　当时，胡林贵老两口年纪已大，一生的饥寒煎熬与风雨劳作，加上痛失儿子的满腔悲愤和心理重压，已使他们满身憔悴，虚弱不堪。保安团怕"上措施"后引发人命而惹起众怒，因此，关了两天，作了"训话"后，就将二老放回了家中。

　　到家后，两位老人真的病倒了。保安团不断放出的"胡花果将于近日就地正法"的消息传入老人耳中。大儿子头悬城头，二儿子命悬一线，胡林贵和老伴无计可施，只得整日以泪洗面。

　　尔后的每天夜里，胡林贵家就会有老乡到来。韭菜坪以及附近的地下党员们频频上门，名为亲戚看望劝导，实则商量营救之策。

　　胡花果被抓后，被关押到了保安团的大牢里，受尽了折磨。保安团逼迫他说出其兄所在的游击队武工队的相关秘密，但胡花果始终以"不知道"作答。与此同时，对他的营救工作也在展开。

　　当时胡林贵有一个远房亲戚在板桥头乡里"任职"，平时对胡何仙的侠肝义胆颇为敬慕。凭着"合法的白色外皮"，由他出面最为妥当。于是，在地下党的资助下，他就金钱开道，开始游说，

　　这位亲戚凭着自己平时积累的官场关系，四处活动，希望能够将胡花果释放。游说理由很多，诸如"没有证据证明，胡花果是武工队员""胡何仙都死了，抓了他弟弟也没有其他用处了""胡花果一向本分，乡亲可以作证""上面没有要求杀胡花果，放了也没有关系""各位长官的辛苦我们了解，请务必接受我们的犒

劳""胡花果回家之后,一定安安分分"等等,一次又一次,在金钱的诱惑之下,对方决定可以饶胡花果一命。

人是可以释放,但是必须支付高额赎金——这是保安团长官开出的条件。

胡何仙牺牲后,胡花果是家里唯一的儿子。可是这个时候,除了地下党组织资助外,为了打通关系,胡林贵也早已经花光了家里的所有钱财,根本支付不起"天价"的赎金。怎么办呢?胡林贵和妻子商量之后,决定卖女救子。

被卖的女儿叫胡朵花,是家里最小的孩子,当时才十四五岁,正值豆蔻年华。出钱买人的一方是王阜

2018年春,胡朵花在家中接受著者采访。

马山附近的一户人家，对方家里有个残疾儿子，一直没有娶妻。

就这样，为了救下小儿子，胡林贵狠着心肠，将小女儿卖给了一个年龄悬殊的残疾人做妻子。

花样的年华，苦涩的人生。离开家的那天，从小就在黄连里泡大的胡朵花，看着几近晕厥的父母，懂事地向二老微微一笑，顿时泪如雨下，然后深深地鞠了一躬后，转身踏上了山路远去。

有道是，血洒大地酿沃土，霜打鲜花难为家。欲知后事如何，且听下回分解。

第十五回 烈士墓前叛徒被正法
解除婚姻弱女回家乡

　　紧接上回，在国民党保安团的威逼下，胡林贵含泪卖女，缴纳了赎金后，终于从屠刀下将遍体鳞伤的胡花果接回了家中。

　　胡何仙牺牲之时，夫妻俩没有孩子。程桂花作为"红色烈士"的妻子，在白色恐怖下，惊悚和恫吓缠绕生活，承受了常人难以想象的压力。最终在多方因素之下，改嫁到了安徽省歙县北岸乡北岸村。

　　毫无疑问，胡何仙的牺牲是浙皖游击队的重大损失。作为一支精明精干的红色武装的负责人，他误入陷阱中埋伏以致惨烈牺牲的原因可谓迷雾重重，成为当地党组织和武二队一个合不拢的伤口，一块解不除的心病。韭菜坪的地下党员们也曾几次秘密要求并协助调查事件真相。时任中共皖浙支队副支队长的程灿也曾下运命令，要求彻查此事，弄清原委，告慰英烈。但由于当时敌我力量悬殊，双方争战拉锯，斗争形势严峻,加上组织分合频繁,所以调查工作不仅难度很大,而且危机四伏。经过多方调查分析,最后大家形成了一个统一的判断:胡何仙是被叛徒出卖的,问题就出在革命队伍内部,有内奸!

当解放战争的隆隆炮声震撼浙皖边境,国民党反动势力惶恐末日之时,中国人民解放军皖浙支队组成专门队伍,在当地党员群众的大力配合下,展开细致排查,最终将目标锁定在了"当天开会通知提前泄露"这条线索上。经过反复调查,时任芦塘乡乡长的陈观宝被锁定。

由于统战工作的需要,有"白色乡长"招牌的陈观宝入党带有很大的投机成分。又由于他的特殊身份,他还成了地下党一个小组的负责人。这也是胡何仙从皖南接受游击队领导人指示返回浙皖边境板桥头时,曾秘密到芦塘乡与陈观宝接头并传达精神的原因。而此时,胡何仙根本没有想到,陈观宝已被白色恐怖所吓倒,加上"百块大洋"和加官进爵的诱惑,已被保安团"策反"。在他看来,胡何仙的到来,等于给他送来了白花花的大洋和升官发财的机会。在确定胡何仙返家并在家中住两天的消息后,他急匆匆将此情报报告给了保安团。同时密谋,由陈观宝传递"通知",诱骗胡何仙赴横路乡开会。保安团则在板桥头村至横路的必经之路——庄家岱设伏狙杀。

一九四九年春,当解放大军进驻淳安时,当地党组织和武工队第一时间抓捕了陈观宝,并将他枪决于胡何仙的墓前。这位为了100元大洋而出卖自己同志的叛徒,终于受到了应有的惩罚。当地百姓说,叛徒枪毙后,那年烈士坟头长出了很多不知名的藤蔓,上面开满了鲜艳的红色小花,让人惊奇不已。

解放后,为了方便后人瞻仰和缅怀,当地党组织协助其亲属,将胡何仙烈士的遗骨迁葬到了南坑的千亩下安葬。如今,每年的清明、冬至等节日,都有韭菜坪的乡亲们结队祭拜。

1983年由中华人民共和国民政部颁发的胡何仙革命烈士证明书

　　为救兄弟而卖为人妻的胡朵花,在王阜马山隐坑村以泪洗面,艰难度日。解放后,其父母向地方政府汇报了当年"卖女救子"的无奈之事,在党和政府的干预下,解除了不幸婚姻,胡朵花终于回到了父母身边,重新开始了属于自己的生活。

　　2018年初,在家中接受千岛湖传媒中心采风组的采访时,已愈古稀的胡朵花看着远方,不发一语但脸带微笑。在绩溪县板桥头乡校头村南坑自然村居住的胡花果的子女,向大家展示了珍藏了半个多世纪的一块匾额,上面"光荣烈属"四个大红漆字依稀可辨,其他字样已被岁月剥落,难以辨认。

　　这真是,往事如烟罩日月,笑意似花慰英魂。欲知后事如何,且听下回分解。

第十六回　观音庙成为红色交通站
　　　　东山村进驻浙皖游击队

　　看官记得，一九四七年农历二月十九日晚，皖南党组织、游击队唐辉、程灿、老王等领导人，在胡何仙武工队的引领、护送下，以观音庙会作掩护，在韭菜坪雾云洞发展了一批中共地下党员。从此，雾云洞、亭就成了一处红色地下交通站。

　　雾云洞门由大块的花岗岩方石垒成拱形，石头门框后有一块石头可以移动，内有空隙，此处就成了韭菜坪地下党员们传递情报、接受指示的"中转站"。韭菜坪地下党员吕义高、詹发财、胡德金等，都以进香为名，频频在此传递情报，尔后由上级组织派出交通员取走。

　　"为了防止红色武装袭击，国民党在河村、王阜、闻家等地均设立乡公所，常派所谓的县自卫总队驻扎。同时派暗探潜入韭菜坪等皖浙边地，侦查地下党及其红色武装的活动。韭菜坪的地下党员们则利用各种关系获取情报,将敌人的活动情况及时通过雾云洞传递,使游击队领导对白军的活动了如指掌,从而避免损失。情报传递是有纪律的,规定要由两名党员将其放入传递点,然后离开。取情报者与送情报的互不见面。"吕义高等地下党员生前都曾如此讲述过。

此外,党员们还暗中宣传革命道理,动员穷苦百姓和进步人士参加游击队,先后介绍了荷花坪村方国成,花树下自然村方坤玉(真名方作修)、方其正等村民参加革命。

按照中共皖浙工委书记、总队长唐辉提出的"集中力量搞淳安"的要求,皖浙游击队将主要力量向浙皖边进驻、渗透、出击。其中一个支队以靠近淳安六都源的歙县瓦上村为据点。游击队主要指挥员唐辉、程灿则亲自率领一个支队,进驻与淳安韭菜坪为邻的东山村,以此作为突进淳安的桥头堡。

现东山村已合并为歙县金川乡仁合村,著者在该村外东山自然村的吴家祠堂里,采访了村党组织书记罗春竹、村委主任罗立水和2018年已84岁高龄的村民吴松春等,他们对该村的红色往事叙述得相当清晰。

"唐司令(唐辉)身材魁梧,待人十分亲切。程支书个子不高,但机智干练,处事果断,他是骑着一匹大马进村的。游击队纪律严明，和群众亲如一家，向群众借用物品都会写下借条，有借有还。村里当时的亲历者对此都印象深刻。"

吴松春老人回忆，他当时在淳安王阜读书，因他来自"红区"，所以时常会受到盘查。游击队很为他的安全担心，曾派鲍政富等队员暗中保护，并嘱咐他注意自身安全。

游击队进驻东山村后，指挥部就设在吴家祠堂，这是一座清中期的典型徽派建筑，设有厢廊、天井。该建筑曾遭受过"匪军"的多次清剿，墙上的弹孔、门上的砸痕至今仍历历可见。

据韭菜坪几名老党员生前叙述，他们曾几次秘密

安徽歙县金川乡仁合村东山自然村吴家祠堂

到东山听指示、接任务。程支书也曾几次带领警卫员秘密到韭菜坪开会，了解情况，分析形势，布置任务。

　　有一次后半夜，在社庙研究完工作已是黎明时分，韭菜坪的几位党员护送程灿及其警卫员回瓦上村根据地。走到皖浙界山时，天已大亮，程灿忽然停下脚步，眺望着起伏的峰峦和苍翠的山垄，深情地说：这里真美丽，好壮观啊。如果哪一天我为革命光荣了，请你们将我埋在这里吧！

　　这位战将的一番话，在让韭菜坪党员语顿的同时，却埋下了一个悲壮的伏笔。直叫那，绿水无能护壮士，青山有幸驻忠魂。欲知后事如何，且听下回分解。

第十七回　古社庙游击队实施分兵
淳西北自卫队遭受打击

1948年初夏时节,解放战争风卷残云,驻皖南的国民党武装频频外调,红色浪潮乘势风起云涌。中共皖浙游击队在安徽歙县瓦上、东山和淳安养坦村(今威坪镇属),呈品字形排阵,矛头直指淳安境内。

是年四月初,中共皖浙工委主要领导人、皖浙游击队及地下党负责人在吴家祠堂举行会议,会上作出了"抽调主力组成武工队,逐步向淳安、分水、昌化发展"的战略部署。

几天后,各武工队组建完成,并在韭菜坪的古社庙集结、出征。各队与当地地下党组织组为一体,确立了"分而发动群众,聚则展开行动"的斗争策略和行动方案。

本次集结因在晚上秘密进行,韭菜坪的地下党员们被安排负责外围几个要隘的警戒,所以当地人对这次红色武装"暴风雨前的能量聚集"并没有太大的印

韭菜坪社庙遗存

象,韭菜坪的老地下党员们生前也很少提及,著者也只在皖南地区的地方档案中找到"4月13日,韭菜坪分兵,尔后,武工队在淳展开行动"等简单的记述。但是不可否认,在韭菜坪老社庙举行的这次集结行动和分兵部署,在淳安解放战争史上无疑具有重要的历史意义。有党史研究人员将其称为"象征淳安解放战争开始的历史节点",其实也不算为过。

此后,这股荡涤旧社会污泥浊水的洪流,如滚滚汹涌的地下熔岩,在淳西北迅速燃起冲天烈焰。

1948年4月18日,皖浙游击队一个连在淳安县仙洞乡河村,烧毁了乡公所及乡长家的全部文书账册;19日,打掉王阜乡公所,烧毁了全部壮丁册。5月,皖浙武工队王柏根等9人在仙洞乡中涓村活动。月底,张达

(原名张爵益)武工队开始在新安江上游的淳安县境内试行收取商税,并进入大、小五都一带活动。7月,武工队40余人,再次打掉王阜乡公所,缴获了县政府存放在王阜的所有稻谷、玉米。同时,张达武工队在始新乡袭击了国民党驻叶家乡仙山街文昌阁的县常备第一中队。

7月29日,国民党县自卫总队副总队长徐震东闻讯张达武工队驻扎在淳、歙边境的牛岭后村时,便于半夜带着县自卫队第一分队、独立分队、仙山街民众自卫小队等近200人,于30日拂晓前,突然将牛岭后村包围,企图将武工队一锅端,幸被放哨的民兵发现,武工队才在群众的掩护下,迅速突围到西源村(现威坪镇属)后的山头上,并与敌人激烈交火。正当危急关头,离牛岭后3里远、驻养坦村的皖浙支队主力接地下党员报告后,即由副司令程灿率领,两面夹击打垮了这股敌人,并将其独立分队组长夏华智打成重伤。国民党军偷鸡不着反而蚀把米,只得仓惶逃窜。8月上旬,皖浙支队主力来淳西一带收缴了大批的枪支弹药。同时召集淳西部分乡长开会,对他们争取教育。8月下旬,中共皖浙工委认为,在淳安建立根据地的时机已经成熟。

这真是，老区再成根据地，新军重开一片天。欲知后事如何，且听下回分解。

第十八回　红色战旗猎猎飘扬淳西北
　　　　皖浙支队频频前出韭菜坪

　　词曰：美女山麓红旗卷，百年魔怪在残喘。天地将换色，日月在轮转，残渣浊流尽叹晚。东方欲晓，层林尽染。亿万民众同跨这，千年门槛。

　　铁锤镰刀金光闪，八一战旗亮浙皖。曙光在眼前，前路听召唤，荆棘藩篱快刀斩。黎明时分，日出不远。边区百姓共期盼，万家春暖。

　　1948年8月，中共皖浙工委在安徽歙县金竹召开扩大会议，研究如何坚持巩固旱南中心区，加强水南区，开辟淳（安）分（水）昌（化）根据地等问题。旱南地区，指杭徽路南、淳屯路北、新安江北岸的歙县南乡地区。会上，决定成立中国人民解放军皖浙支队，中共皖浙工委书记唐辉任支队长兼政委，程灿任副支队长。会后，抽调中共皖浙工委委员、中共旱南工委书记王成信前往淳安、分水、昌化地区工作。

看官记得,本著第九回提到,一九四七年农历二月十九日晚,皖南党组织、游击队主要领导齐聚韭菜坪雾云洞,发展了一批中共地下党员,除了唐辉、程灿等重量级领导人之外,还有一位神秘人物,韭菜坪的地下党员们只记得大家都称他为"老王"。其实,这位"领导"就是时任中共绩宁昌工委书记的王成信。当年4月,根据中共皖南地委扩大会议决定,中共皖浙中心县委在安竹坞成立,唐辉任书记。并同时成立路东和路西两个下属工委,王成信任中共路东工委书记,兼中共绩宁昌工委书记。

为了开辟淳安、分水、昌化地区工作,王成信曾数次经韭菜坪在皖南根据地与淳分昌地区之间辗转。韭菜坪地下党员们屡次配合武工队担任护送任务,曾受到"老王"的称赞。

1948年9月,中共淳分昌工委在淳安县瑶山乡何家村正式成立,王成信任书记。一栋砖石木头构成的民房成了工委办公地,该建筑目前保留完好,已成为当地党员干部群众缅怀先烈、学习励志的基地。

是年9月12日,皖浙支队300余人,在唐辉、程灿、王成信等人率领下,正式进入淳安,着手武装开辟游击根据地工作。部队从歙县黄岭进入淳安,当晚驻扎在王阜乡仙人潭村,第二天派朱青等人先期进入秋源(今屏门乡属)一带筹备粮草。14日,皖浙支队到达齐坑源的金竹岭脚。当日晚上11点钟,在屏源乡(今屏门乡)镇压了乡长汪士才。15日,打掉临岐警察派出所,俘警士3名,副乡长1名,缴枪4支。救出了被警察无辜关押的穷苦农民何宗福,并接受他参加了游击队。此次,中国人民解放军皖浙支队在淳西、淳东、淳北一带活动半个月左右,所到之处打击国民党反动势力,宣传党的方针政策,大造革命声势,威慑了反动分子,为武工队进入淳安、分水、昌化地区建立游击根据地创造了有利条件。

皖浙支队回师皖南后,便陆续派出以芮胜为首的武工队进入淳西王阜一带活动;以吴绍海为首的武工队进入瑶山一带活动;以朱青为首的武工队进入屏源一带活动。同时,将早已在淳、歙边境活动,原属中共旱南工委领导的张达武工队和郏繁武工队,划归淳分昌工委领导。

一直畏惧皖浙支队主力的国民党反动军队,得到其撤回皖南后的消息后,立即纠集重兵,分三路围剿武工队。一时间,阴风森森,杀气腾腾,红色区域将再次遭受血腥劫难。

这真是，云散还见阴霾在，花开再遇倒春寒。欲知后事如何，且听下回分解。

第十九回　保安团三路进剿武工队
##　　　　天堂庵一阵枪声酿血案

中国工农红军北上抗日先遣队曾经在淳安卷起过冲天红潮,此后,反动当局将淳安列为重点"防共区",布局重兵防守,配备精良装备,实行高压政策。

面对中共淳分昌工委及其领导下的武工队日趋热烈的革命活动,国民党反动当局是坐立难安,寝食不宁。但由于人民军队的震慑,使其一直不敢轻举妄动。

当闻知中共皖浙支队已经撤回皖南的消息后,浙江省第四专区专员兼保安司令陈重,立即携淳安县县长韦淡明率部赶赴西北边区,纠集力量力图展开全面清剿。并将威坪区署搬到王阜村办公,把西北边区的7个乡镇也划归该区管辖,使威坪区辖区范围达到17个乡镇。同时,还在各乡镇设置了常备自卫班,收集民间枪支供自卫班集中使用。随后,专区与县府又组织了5个中队的兵力,配合乡、保武装对进入淳安活动的武工队进行了反复围剿。

1948年10月下旬，省保安三团第三中队和专区独立营一个中队，在独立营营长华锋的率领下，耀武扬威地窜入瑶山、秋源一带，围剿吴绍海、朱青武工队；徐震东率自卫第一、第二中队，杀气腾腾地进入韭菜坪、闻家、叶家、妙石、长岭一带，围剿以韭菜坪为据点的郏繁、芮胜武工队；县自卫第三中队则在洞源一带围剿张达武工队。

1948年10月26日，皖浙支队副司令程灿率一、四连及工委机关，来淳安七都源头里金坑（现流湘村）指导工作时，突然遭遇徐震东部一、二中队及民团200余人，双方在车田、唐丘短兵相接，发生激战。此次战斗中，皖浙支队游击队击毙国民党军两名，伤国民党军分队长1名、士兵3名，俘虏国民党军一个班，缴获机枪1挺、步枪10多支，迫使敌军退却，安全保卫了地委机关和郏繁、芮胜武工队，打击了徐震东的反动气焰。

1949年1月，浙江省第四专区专员兼保安司令陈重再次携淳安县长韦淡明赴淳西北，催督专区独立营及县自卫总队加紧围剿武工队，妄图将武工队彻底消灭在淳安境内。一时间，反动军队磨刀霍霍，乌云压境；根据地内浓烟滚滚，鲜血飞溅。

在国民党军的反复血腥围剿中,先后杀害了屏源乡(今屏门乡)隐将村农会会长章泽民、旱南工委大源乡催粮委员吴文柏、武工队情报员王柏根、朱青武工队队员韩忠义,以及张达武工队队员邵林宝、方高印等多人。放火烧毁了许多武工队堡垒户的山棚,大肆抓捕为游击队做过事的群众以及所谓的"嫌疑犯",很多人惨遭杀害或被迫害致死。

1949年春节前的一天午后,位于韭菜坪村山湾里的天堂庵方向突然传出一阵枪响,受到惊吓的山民们立即闭门避祸。过了好长时间,几位胆大的村民战战兢兢地前往现场看究竟,在天堂庵左侧近百米的一处草地上,发现有两位貌似游击队员的人倒在血泊之中,已经被残忍杀害,其中一位的脖子被砍断。远处的山坡上,几十名所谓的自卫队员正翻岭向板桥方向行进。毫无疑问,他们就是制造惨案的凶手。韭菜坪地下党员们经过多方努力,终于在次日找到转战中的皖浙支队武装。经确认,被杀害的其中一位是吴绍海武工队队员鲍金富,另一位,韭菜坪的老人们没能记住他的名字。

敌人的疯狂镇压,引发了人民军队和革命群众的满腔怒火。一场硬碰硬的围歼战计划在韭菜坪社庙里酝酿着,县自卫总队的主力随之将面临灭顶之灾。

这真是,拳打弹簧必伤手,刀斩河水水更流。欲知后事如何,且听下回分解。

第二十回　虞兆鑫进驻八都欺百姓
　　　　鲍金富返村筹粮入陷阱

对于发生在淳西的邵家坪之战，不少当地老者都耳熟能详。从史料来看，邵家坪之战是解放前夕，中国人民解放军在淳安境内和国民党军队进行的三次较大战斗中的一次。

敌人在淳西北大肆围剿武工队员，残酷屠杀红色干部和进步群众的兽行，点燃了皖浙支队的冲天怒火。而保安团及自卫队竟然突进韭菜坪等红色根据地，残害革命战士的暴行更是让大家义愤填膺。因此，上回说到的武工队员鲍金富的惨遭杀害，就成了这次战斗的直接导火索之一。

鲍金富是王阜乡严家人，平时豪爽仗义，早年参加皖浙游击支队。平时除了在皖浙边界打游击之外，也常常负责为游击队筹集粮草。

1948年开始，皖浙游击支队以韭菜坪等地为前哨站，频频在淳西北活动，让国民党当局甚是头痛。到了这一年的8月,国民党淳安县政府为了加强对王阜这一带边远地区的"防共"工作,派了虞兆鑫带领84人组成的县自卫中队,进驻到了淳西和皖南交界的李家村,也就是现在的王阜乡。

虞兆鑫是国民党淳安县反动武装的骨干,其身份为淳安保警总队副总队长兼第一中队队长。此人行事嚣张、顽固凶残,同时也颇有一些刚愎自用。

虞兆鑫的县自卫中队到了李家村后,就"占山为王",抢劫掳掠,强奸妇女,欺压百姓,拷打无辜,无恶不作。与此同时,因为多了县自卫中队"这座大山",当地的其他"地痞武装"也自觉"腰杆硬了",因此非常野蛮骄横。当兵匪一家时,群众必将陷入"水深火热",因此,当地的老百姓很快便怨声载道,且恨之入骨。

时间一晃到了冬季。这一年淳安山里特别冷,天是灰蒙蒙的,山上枯木也是灰色的。清晨,田野里都被霜雪覆盖,人们呼吸的时候,也喷着一道道白气。

1949年1月26日,皖浙游击支队吴绍海武工队淳安籍队员鲍金富,秘密潜回严家乡(现属王阜乡)自己的村里,准备把征集来的500多斤稻谷转到韭菜坪,然后运往皖南,以供部队之需。没想到,这个消息却被驻守李家村的县自卫中队获悉了。县自卫中队悄悄出了驻地,直奔严家乡去活捉鲍金富。

当时淳安尚属"白区",游击队员都具有较强的警惕性。当鲍金富走到村后山,还没有进入村子的时候,就发现村里有一些身穿自卫队军装的人在走来走去,似乎在搜查什么。有敌人!鲍金富第一时间给出了判断。于是,他就躲在了后山的柴草丛中观察。

过了一段时间,他发现这些县自卫中队的人从村里出来了,从他们的行进方向看,应该是要去王阜。这时,鲍金富的一个判断上的疏忽,让他陷入了陷阱。鲍金富当时判断,自卫队在村里搜无所获后,要返回驻地。哪知,待他观察了一阵后下山刚走进村子,那些看似撤走的"白军"居然狡猾地杀了个回马枪。

县自卫中队的士兵从村子两边的山后蜂拥返回,将村子围了个严实。他们开始挨家挨户搜查,村里的空气一刹那间凝固了。

"我们已经知道鲍金富就在村里,今天如果找不到他,肯定就是你们村里人包庇。所以,快快把鲍金富交出来,不然现在就一把火将你们的房子烧了!"

为了逼出鲍金富,虞兆鑫命令自卫队员将柴火堆在了村民的屋子下,一群凶神恶煞的士兵手举火把,扬言烧房。

　　鲍金富知道,惹急的恶狼是什么事情都干得出来的。为了不让乡亲们受到牵连,他大吼一声,从隐蔽处挺身而出。

　　这真是,游龙潜行遇困境,恶狼露牙逞凶狂。欲知后事如何,且听下回分解。

第二十一回　双磻溪两支劲旅大会师
　　　　　　中和庄一座社庙有传闻

　　上回说到,武工队员鲍金富回村运送军粮时,误入县自卫中队布下的陷阱。为了不牵连乡亲,他挺身而出,冲出了藏身处。

　　抓到了鲍金富,县自卫中队欣喜若狂。他们将鲍金富吊在了村头的大樟树上,用皮带和棍棒拷打,逼他说出皖浙游击支队的情况,但鲍金富始终牙关紧闭。随后,白军又将鲍金富带到了位于王阜李家村的驻地,老虎凳,香火烫,拔指甲,割脚筋,酷刑无所不用其极。鲍金富被折磨得死去活来,作为久经考验的红色战士,他宁死不屈,视死如归,始终没有吐露一个字。

　　几天过去了,反动武装始终无法从鲍金富身上榨出有用信息,便迤着他和另一位被俘人员,经韭菜坪往板桥方向进剿。由于已被折磨得奄奄一息,绝望的自卫队就将他们杀害在了韭菜坪老庵堂附近。

　　鲍金富牺牲之前并不知道,就在他被抓的第二天,也就是1949年1月27日,中国人民解放军金萧游击支队经过艰苦转战,到达皖南双磻溪,与皖浙支队胜利会师。当时正值农历新年,两支部队举行了大联欢。

当大家还沉浸在欢庆会师的喜悦中时,"鲍金富被害"的消息通过韭菜坪红色交通站,传递到了营地,一下子就冲淡了现场的欢乐气氛。战士们都义愤填膺,强烈要求以牙还牙、以血还血,为死难的烈士报仇,一场战斗便从此时开始酝酿。

为了打击淳安反动武装的嚣张气焰,给鲍金富烈士报仇,同时为开辟浙西根据地铺平道路,两支游击队很快派出了鲍长清等队员到王阜开展侦察,在掌握了大量信息的基础上,两支游击队领导在皖浙边境的韭菜坪社庙召开了作战会议。

社庙,又名"中川大社",位于韭菜坪村东南田畈中川里,其貌不扬,黛瓦粉墙,独立山间,几历沧桑。据说过去社庙里供奉有陈胡元帅、观音菩萨、汪公老佛、判官小鬼,还有土地公、土地婆神像,大小菩萨十多尊,供远近村邻百姓四时祭拜,保佑各村风调雨顺,人丁兴旺,六畜平安。据说这个社庙,历史悠久,大有来头。

据传,韭菜坪村虽处深山,但地势平缓,土地肥美,历史上又名"中和庄",加上山民勤劳,每年五谷丰熟,日子过得相当滋润。但有年开始,村运较差,瘟疫流行,致使人丁不兴,加上海拔较高,小山沟里水源不足,村外大片田坂里,稻子生长却遭遇干旱,村民忧心如焚。俗话说,有水才有谷,无水守着哭。百姓为了稻子生长,你争我夺,互不相让,种田的农户为争抢水源,还发生了斗殴。村里头首见事体严重,便建议大家按时辰抓阄轮流放水,田水均占,家家有份。在头首的建议下,大家认为公平,都执行去做了。

有天晚上夜空清朗,明月高悬,凉风习习,十点来钟,轮到一个老农去田畈里放水。那老农乘着月色,路过中川,走至外畈自家田边,往稻田里放水,忙完就坐在边上吸烟。然而,天空却突然变了脸,四下里黑雾腾腾,阴风习习,伸手不见五指,老农认为要下大雨,马上往家里赶。尽管天黑不辨东西,可天天作活一天来回几趟走惯了的小路,宽窄高低都是心中有数的,可那晚走到中川处,发现原本平坦的小路却弓隆起来,要上坡下坡。老农十分奇怪,跟家人讲,家人也不相信。当晚老天虽然黑了阵子,但半夜时分,云开雾散,滴雨未下。

这真是,地上灵庙香火旺,天下名川奇闻多。欲知后事如何,且听下回分解。

第二十二回　一对山神深夜演绎荒唐事
两支部队社庙画下复仇图

　　上回说到流传在韭菜坪社庙中川区域的一个传奇,田间看水的老农深夜往家赶时,发现黑雾腾腾,山路隆起,让人惶恐、诧异。

　　老农一晚上没睡好,第二天一早去中川,见那段小路路面平坦,丝毫不见隆起迹象,心中十分好奇。第三天夜里,老农去田间放水,又遇到同样的怪事。老农心中疑惑,当第三次夜间放田水遇那怪事时,便告诉了族里头首。头首不信,但经不住老农恳求,便决定夜间陪老农去看看真假。

　　那晚头首与老农夜里一起去放田水,去时月朗星稀,中川小路平坦无殊,俩人谈天说地,走到田头,放过田水,回来大约半夜时分,果然天空又突变,霎时黑雾弥漫,阴风瘆人,两人见天公突变,马上回家。走到中川,双眼迷蒙,而且原本平坦的小路果真是弓隆了起来,头首与老汉两人头皮发麻,大气不出,赶紧跨过隆起的小路，跑回了家。第二天白天俩人再约去中川查看，那段小路又平坦无异。头首好生奇怪，便商议派人赴外地请来有名风水先生堪舆，测断吉凶休咎。

风水先生东瞧瞧，西瞧瞧，终于发现端倪，讲是中川的正北是美女尖，下面缓缓伸出的两山垅犹如美女下蹲的双腿，两山垅间，芳草萋萋，暗泉汩汩，那是美女在解手，典型的美女尿尿形；中川的正南向，这忒胚尖山势雄浑，山脚那低矮横挺长垅，向着正北，形如巨蟒出洞，像横挺的男根，正是屌形山体。你们黑夜遇到的怪事，那是美女尖与忒胚尖山神于夜深人静之时，兴风起雾，在幽会媾合。因此深更半夜，你们走过此地，小路隆起来了，实际上是踩踏在山神膨胀的男根上。俩山神深夜私会，被凡人干扰，时间长了，这一带村运肯定不好，更不要讲风调雨顺，五谷丰熟了。

村人听了风水先生的话，大吃一惊，忙征求禳解之法。风水先生讲，只要在美女尖与忒胚尖的正对中间即中川田畈处建一神庙，摆放神像菩萨，镇在那里，这两座山神肯定再不敢胡作非为，兴风作浪，祸害地方。因此，当地祖先就遵从风水先生建议，在美女尖与忒胚尖两尖正对的中川田畈建了社庙，供摆神像，隔开彼此，防止淫乱，同时享祀人间烟火，消灾解厄，保村佑民。这就是社庙来头。

现今，行人只要路过中川，对着社庙，看看美女尖与怂胚尖山脚两处天造地设的奇特山势，再听听当地老人的相关白话，莫不稀奇！

正因为韭菜坪社庙地处僻静，且抵近王阜的县自卫中队驻地，便于查看地形，制定战术，所以便在淳安解放战争史上留下了"社庙会议"这个词。

这次作战会议上，两支队伍共同作出了"乘皖浙支队护送金萧支队回浙之机，彻底消灭驻王阜的敌人，拔掉这颗埋在皖浙通道上的钉子"的决定。

解放后，唐辉在皖浙边界因公殉职，人们在整理他的遗物时，从其笔记本里曾发现有"社庙会议部署赵家坪（著者注：可能是记录者笔误，实为邵家坪）之战"等记录。

皖浙支队侦察员鲍长清也是王阜乡韭菜坪（现王阜乡横路村）人。他有一米七五左右的个子，性格开朗，机智勇敢，走路时两腿生风，擅长长途跋涉，因为头发偏红色，从小就被当地人起了个形象鲜明的绰号——红头毛。

作为一同参加革命队伍的战友，鲍金富被害后，鲍长清化悲痛为力量，多次潜入敌占区收集情报。根据皖南支队和金萧支队的安排,鲍长清可以视情况行事,将县自卫中队引进山里,为游击队围而歼之创造机会。

这一次,上天给这些残暴的国民党匪军安排了一个"理想"的埋骨地,这个地方就叫"邵家坪"。

有道是,百兽虽下肃杀令,万物自有复苏时。欲知后事如何,且听下回分解。

第二十三回　鲍长清侦察遇险邵家坪
　　　　　自卫队疯狂搜捕红头毛

《孙子兵法》云：知己知彼，百战不殆。按照"社庙会议"的战略部署和战术要求，1949年2月3日上午，鲍长清带领另一位叫发炳的战友再次去王阜侦察，为围歼国民党县自卫队作准备。

生在韭菜坪、长在韭菜坪的鲍长清，对八都一带的山形地貌可谓了如指掌，对风土人情更能如数家珍。当然，附近村落的住户也大多认识这位大名鼎鼎的游击队员"红头毛"。"国军"对其开出的赏金也是"众所周知"的。鲍长清的岳父岳母家就在附近的邵家坪村，因此，他决定先到邵家坪落脚，然后伺机了解敌情。

邵家坪位于王阜乡韭菜坪的东边，距离韭菜坪只有两公里山路。这个地方，三面环山，一面临沟，状如簸箕谷，形似太师椅。冬日的寒风刺骨，为了便于掩护，鲍长清手里提着一只火熜（山里人取暖的手提小火炉），发炳扛着一根甘蔗，沿着蜿蜒的山路，两人装着走亲戚的样子悠闲前行。当他们途径毛家村时,却被一双贼森森的眼睛盯上了。这人就是该村一个姓毛的乡自卫队副队长。

当天上午,这个毛姓副队长就屁颠屁颠找到了虞兆鑫,向他报告了这件事:"红头毛早上到了王阜,今晚要到邵家坪丈母娘家过夜。"

这是天助我也!虞兆鑫得到了这个消息,如获至宝,认为这是活捉"红头毛"的好机会。于是,他立即召集全部人马,进行了抓捕紧急动员,准备晚上悄悄到邵家坪去,活捉游击队员"红头毛"。

这个时候,鲍长清和发炳对于自己行踪已经暴露的情况毫无所知。他们仍然按照计划,对周围展开了一番侦察后,一起到了邵家坪,并在鲍长清的岳父岳母家里吃饭。哪知刚坐下不到一刻钟时间,县自卫队第一中队队长虞兆鑫就带着两个分队气势汹汹地赶到了。

虞兆鑫和他的喽喽们,在村头抓住了鲍长清的老婆舅王永春、堂哥鲍春德。接着又马不停蹄地直奔鲍长清的岳父岳母家,准备来个瓮中捉鳖。

得益于平时和群众的关系好,在这危急关头,鲍长清和发炳第一时间掌握了村口发生情况,两人立即放下碗筷，翻墙出了农家院子，钻进山林，紧急向皖南撤退。他们撤走之前，心里只有一个想法："虞兆鑫带着他的所有人马离开老巢了，这是消灭他们的最好时机，必须立即把这个消息送回去！"

为了迷惑敌人，鲍长清还将两人随身带去的火熜和甘蔗放在邵家坪的路边上。这一有意为之的举动，成功为他们争取到了足够的脱险时间。

"哐当"一声，两爿木门被人撞开之后，如秋风里的树叶一样不停摇摆。虞兆鑫带着手下冲进了鲍长清的岳父岳母家，长短枪支对准了堂前，随后立即开展了搜查。这个屋子里没有找到人，就到邻居家里搜查。

因为受到火炉和甘蔗的影响，这一百多号人的思路被带偏了，以为鲍长清还藏在村里，他们立即挨家挨户搜查，当把全村房子都搜查完毕，才知道鲍长清已经早走一步。于是，村子里传出来一阵暴躁如雷的声音："他妈的，红头毛刚刚已经跑了！你们这些吃干饭的，还不快点给我去追！"

县自卫队第一中队有位分队长叫王学三，他率领匪军急匆匆出了村子，一路赶到了王家村的后山上，却连鲍长清的影子都没看到，直到这个时候他们才悻悻止步。

　　没有抓住鲍长清，天色也渐渐暗了下来，县自卫中队的匪兵再次折返回到了邵家坪村。

　　"就算跑得了和尚，也跑不了庙。"抱着这样的念头，白军再次来到鲍长清岳父家，将全村的人赶在了一起，然后拘禁在一幢房子里，威逼他们交代鲍长清的情况，扬言若得不到结果，就将全村人以"通匪"论处。

　　这真是，毒蛇刚喷口中液，黄蜂又刺尾上针。欲知后事如何，且听下回分解。

第二十四回　白匪兵两挺机枪封要道
　　　　解放军六路人马围山村

上回说到,在地下党员和进步群众的帮助下,凭着自身的智慧和敏捷,解放军皖浙支队韭菜坪籍侦察员鲍长清及战友发柄成功脱险。

眼看到手的鸭子飞了,凶残又狡猾的虞兆鑫气急败坏,命令自卫队员将村中百姓悉数赶进一座厅房内严加看管,并以死亡相威逼。

与此同时,虞兆鑫还安排手下,在邵家坪里外两条进村要道的制高点处,各摆上一挺机关枪警戒。原来,虞兆鑫打算这一晚就住在邵家坪了。他扬言:"游击队不是自称是老百姓的队伍吗,上次我用村民做人质,结果真的逼出了游击队员鲍金富,不过这人宁死不说,一路上还嘴巴硬,被我在天堂庵砍了头。这次我一要看看鲍长清这些亲戚朋友的骨头有多硬;二要看看乡里乡亲被抓时,红头毛是做好汉站出来还是做缩头乌龟。"

虞兆鑫虽然官儿不算大,但却是个不折不扣的狠角色。他之所以当晚留在邵家坪,还有其他考虑。一方面,他希望鲍长清再次来到村子自投罗网。另一方面,如果鲍长清带着游击队人马过来,那正好,自卫中队就可以守株待兔,借机将这些"共匪"一网打尽。

俗话说,富贵险中求,升官发财在此一举!

然而,虞兆鑫虽然猜对了游击队会来邵家坪,却猜错了游击队的战斗力。中国人民解放军皖浙、金萧两个支队会师后,人强马壮,人数已达600人,加上战士们为胡何仙、鲍金富等战友报仇的怒火已如喷薄欲出的熔岩,一触即发。在之前抓捕鲍长清的时候,他就错误判断了情报,认为皖南支队和金萧支队仅仅是小股游击队。来到邵家坪时,他仅仅安排了一个班在晚上看守营房,其他的人都是轻装赶到邵家坪留宿,同时只各安排了一名士兵带着机枪监视村口。

虞兆鑫自作聪明,认为县自卫中队此番倾巢而出,将是一次能让同事侧目的"狩猎"行动,刚愎自用且血债累累的他根本没有想到,自己已经早早成为了游击队眼里的"猎物"。

再说鲍长清和发炳二人脱险后,一路狂奔,沿中川湾直上韭菜坪。看到两人十分疲惫,且情况紧急,负责接应的韭菜坪地下党员决定,人分两路,同时赶往瓦上、东山游击队驻地汇报情况,请求行动。

报信途中,鲍长清和发炳心中也很是忐忑不安:匪军进了邵家坪村,没抓到他们,乡亲估计要遭殃了,希望鲍金富这样的悲剧不要重演。

鲍金富式的悲剧当然不会再重演!

早已枕戈待旦的皖浙支队和金萧支队收到情报后,决定立即出击。600多名荷枪实弹的战士兵分六路,翻山越岭,向着淳安王阜境内挺进。

鲍长清和发炳两人跑在了队伍的最前面。作为游击队的侦察员,他们重返王阜之后,便趁着暮色挨村寻找县自卫中队,最后确定了胆大妄为的虞兆鑫果然还带着所有人马留宿在邵家坪。于是,他们俩便潜伏在邵家坪附近,等候大部队的来到。

夜色沉沉,星光暗淡,寒风呼啸。穿小道、越险峰、跨山涧……晚上八点左右,游击队进入淳安境内后,在韭菜坪地下党员的带领下,分荷花坪和大社坑两条路线继续前行,很快在阴沉溪会合。

皖浙支队和金萧支队的六路人马全部到位后,副司令程灿下达了"黎明时分发起攻击"的命令。

有分教,浙皖边境燃起复仇怒火,八都源头展开猎兽行动。直叫那，深夜围捕嗜血狼，黎明开捉瓮中鳖。
欲知后事如何，且听下回分解。

第二十五回　两勇士徒手勇拔火力点
警卫员攀竹弹压敌营房

词曰：战火化雪，热血融霜。烽烟升处，怎容鬼魅嚣张。日腾月落，地老天荒，且看这人民武装。

洪流荡浊，烈火炼钢。杀声起时，天际已现霞光。水之上方，山的中央，更有那红色花香。

夜色如染，在韭菜坪等村地下党员的带领下，皖浙支队不但分兵控制了邵家坪村四周的各个山头、路口，还安排突击队分头隐蔽突进村子，趁着夜色清理外围，锁定敌军营房。金萧支队则分为了三路，应鹏飞中队长、郭章桥副中队长带着一个排从另一侧隐蔽进村，向敌军驻地靠近；孟勇指导员、章志清副中队长率一个排占据村北的高地；毛飞云（史料上职务不详——著者注）带着一个排到村外，沿着小溪绕过斜坡驻守，防止敌人逃窜。

淳安解放战争史上有名的邵家坪之战已经箭在

弦上，此时，县自卫中队的处境，可以用"瓮中之鳖"四个字来形容。

里外村口制高点上自卫队设置的两挺机枪，成了部队向敌营房突进的最大威胁。因此，拔掉这两个火力点成了战斗展开的首要任务，而且这项任务必须隐蔽进行，最好是不费一枪一弹地完成，以免打草惊蛇，扰动集群宿营的敌人。

身手了得的鲍长清和另一位有着丰富战斗经验的战士挺身而出，主动请战，并获得了指挥员的批准。

此时正是午夜，折腾了一天的县自卫中队匪军都横七竖八，昏昏欲睡。两名值守机枪的士兵也是眼皮打架，哈欠连天。鲍长清俯身前行，沿着邵家坪村前溪边的陡壁攀崖而上，然后蹑手蹑脚摸到了机枪手跟前，随后猛然起身，无声无息之间便干掉了机枪手，随后把枪口掉转方向，对准了村里。与此同时，另一名战士也顺利完成了任务。

渐渐地，东方鱼肚白了。浙皖支队的一个中队长，带了几个战士，向敌人发起了进攻。他们弓着身爬上了敌营旁的农家屋顶，隔着房子投掷手榴弹。副司令程灿的指挥部设在北边的山头，可以俯瞰整个战场。他命令身边的战士用机枪猛烈扫射，掩护突击战士进攻。在东边,游击队的战士前赴后继,朝着敌营的窗口猛烈开火。一时间整个村子里"噼里啪啦"响彻了步枪、手枪和机枪声,偶尔夹杂着手榴弹的爆炸声。

从迷糊中清醒过来的虞兆鑫慌忙组织火力负隅顽抗,凭借着优良的武器,自卫队从壁缝、窗口射出的子弹压得突击部队抬不起头。游击队始终无法突破敌营房。为了避免伤亡,程灿几次制止了战士们要求强攻的请求。

程灿的警卫员是安徽绩溪人。"他身体矫健,会打拳使棒,飞檐走壁"。这是当今东山村和韭菜坪的老人们对他的唯一记忆,其他信息,包括他的姓名已难以查考。

面对凶顽的敌人和受阻的部队,警卫员怒火中烧,他强烈要求参与进攻。征得程灿的同意后,他当即像一支出弦的利箭扑向前方。他避开正面的弹雨,直扑敌营高墙外的毛竹林,顺溜地爬上一株粗壮的毛竹,用双腿固定身体后,连续向院内投出几颗手榴弹。随着几声剧烈的爆炸声,屋内顿时传来一阵惨叫,困兽犹斗的自卫队鬼哭狼嚎乱成一团。

突然间,一颗屋内射来的子弹击中了他。这位年轻的战士投出了最后一颗手榴弹后猛然坠落。

有道是，身躯作供祭信念，鲜血染花迎黎明。欲知后事如何，且听下回分解。

第二十六回 突击队冒着弹雨救人质
金萧兵采用火攻逼顽敌

敌人负隅顽抗,战斗进展艰难。战斗白热化时,身为皖浙支队司令的唐辉也赶到了战场。

程灿副司令和张凡政委原来在南边的小山上指挥,为了便于掌握战况,便将指挥所前移到了村里。亲眼看到警卫员坠落,程灿马上命令几名战士迂回到竹林,将其抢护下来。由于伤势过重,这位英勇的战士在程灿的怀里停止了呼吸。程灿顿时拳头紧握,两眼冒火。

这时,敌营的窗口突然飞出两枚手榴弹,在离前沿战士不远处爆炸,在弹片横飞之时,一名新战士受到惊吓后慌乱后逃,已来到阵地的唐辉当即对其执行了战场纪律。

时间一秒一秒过去,冬日在远方山头一跃而出,阳光晒在了村边的田野里,村里屋檐上的寒霜也渐渐消融了。

2月4日上午8点，指挥部里传来了一个好消息：由皖南支队和金萧支队战士组成的一支突击队，冒着弹雨，攻取了营房外围，俘虏敌军两名，并悉数救出了被敌人拘禁后当做"盾牌"的村民。

无辜群众救出来了，武工队最担心的问题解决了。两支队共同决定，按照"敌人不投降，就彻底消灭它"的原则，向邵家坪的县自卫中队发起新一轮攻击。

"快快放下武器，我们优待俘虏！"

"你们被包围了，现在投降，我们优待俘虏！"

"不会有援兵了。你们执迷不悟，只有死路一条！"

忽然之间，敌人固守的营房四周响起了一阵阵劝降声。原来，为了减少伤亡，指挥部命令部队停止攻击，并安排了许多当地战士用方言喊话，向敌人发起了强大的心理攻势。与此同时，还用支队领导的名义写了一封劝降书，派出了一名俘虏将信送进敌营房，敦促残余的敌人停止顽抗，缴械投降。可这名俘虏将劝降信送达后，却始终不见回音。直到战斗结束后，才知道事情的原委。原来是自卫中队头目虞兆鑫顽固不化，负隅顽抗，见到了劝降书后气急败坏，当场用驳壳枪将送信者击伤了。

敌人既然不肯投降,强攻便不可避免。

县自卫中队占领了村东北靠山的两幢房子,与皖浙支队和金萧支队用作掩护的民房只隔了一条小路,两者之间,大门对墙壁,窗户对着窗户。根据地势情况,皖浙支队和金萧支队的负责人商量之后,决定采用火攻战术。

擅长火攻的金萧支队的一组战士挖开墙洞,在敌占房屋的大门边堆起木柴,然后扔出火把将其点燃。同时用两挺机枪对准大门猛烈扫射,迫使敌人无处可藏。另一组战士将棉被浇上火油后引燃,在机枪的掩护下,用竹竿子将冒火的棉被塞进敌营的窗口,一床,两床,三床,战士们一连塞了多床冒着浓烟、燃着烈火的棉被,同时向内抛掷手榴弹。

这一波攻势,其方式完全出乎了敌人所料。不一会儿,敌军盘踞的房子就浓烟滚滚,成了一片火海。被烈焰烘烤、烟雾熏呛的幸存敌军预感到末日的来临,完全失去了抵抗能力,慌不择路,或打墙洞,或开小门逃窜。支队指战员奋勇冲向并占据敌营房的各个出口,顺势将焦头烂额后逃窜的敌人俘虏。

这真是,毒蛇终到冻僵日,狂兽亦有呜咽时。欲知后事如何,且听下回分解。

第二十七回　火场外活捉几十血污汉
农房内窜出一名白衣人

词曰：昔日击曹赤壁，今朝捕兽边地。冰雪天里烽火烈，小丑却演戏。

春风拂剑锋利，阳光消弭瘴气。邵家坪上驱长夜，笑谈存记忆。

敌人无法抵挡的火攻，取得了出其不意的效果。这场发生在邵家坪的战斗，在烈火攻势之下一锤定音，大局已定。那么，一直在督促、胁迫手下负隅顽抗的虞兆鑫是什么反应呢？

正当解放军皖浙、金萧两个支队的战士把守敌营房的各个出口，忙着"收容"俘虏时，忽然，傍边紧挨营房的一间农家陋房朝北的小门打开了，一个中年男子揉着眼睛、捂着鼻子跟跄着奔跑出来。只见他上身穿着农家常见的白色对襟布衫，下身穿着青色布裤，脚上穿了一双老旧的棉布鞋，急急忙忙朝着外围蹿去。

"站住！"随着一阵急促的枪栓拉动声，守候在路口的支队战士截住了他。几位战士上下打量了他一番，由其打扮判定，对方是村里的老百姓，出于对其安全的考虑，当即要求他躲到斜坡后面的指定地点去。

这名中年男子颇有表演天赋，他当着游击队员的面，一瞬间红红的眼眶中滴出了眼泪，嘶哑着嗓子哭诉起他的不幸遭遇："狗日的国民党大头兵，一定要抢占我家的房子，还不许我们逃跑，我的一家人还在里面呢！"

支队战士信以为真，就让他立即喊话，叫家人赶快出来，逃离火场。中年男子却一直拖拖拉拉不喊话，之后又变得充耳不闻，两个眼珠滴溜溜四顾，脚却一刻不停迈向斜坡后。战士以为他受到了惊吓，也没有为难他，只是不准他乱走。

这个时候，那幢房子的小门里又走出几个人来。他们有的穿着便衣，有的穿着军装，有的穿着老百姓的衣服，一个个或血污满面，或鼻青眼肿，狼狈不堪。房子的大门里，也传来一阵乞降声，一队县自卫中队队员高高举着双手，从门里走出来，或黑垢满身，或吊手瘸腿，瘪哒哒如同一只只受了惊吓的兔子。

皖浙支队和金萧支队的战士，将所有俘虏和老百姓集中在一起，准备稍后进行甄别。没想到戏剧性的一幕发生了，一个形态憨厚的村民用手指怒指向那名穿着白布衫的中年男子，边用当地方言怒骂着边向其扑了上去，随后两人厮打起来。

这是什么状况？游击队的战士连忙上前制止。这个时候，那名老实巴交的农民一脸愤懑，他大声对战士说："他就是县自卫队那个带队的军官，刚才他要逃跑，之前还抢我的衣服穿，还扬言不听话就一枪崩了我……"

这个时候，大家才知道，最先跑出来的那个穿着白布衫的中年男子原来就是虞兆鑫。

有道是，燕子巢里，钻进几多山雀；溪鱼群内，却藏一只虾公。直让人，茶余饭后多笑料，桌上凳下增话题。欲知后事如何，且听下回分解。

第二十八回　高坎上凶徒逃命被击毙
　　　　　　匪巢里祠堂横梁挂狗腿

　　尽管虞兆鑫的"演技"上佳，算得上是一名无师自通的"戏精"，但是老百姓的眼睛是雪亮的，就算他化妆成了老百姓，依然没能蒙混过关。

　　到了这一步，按照正常剧本，虞兆鑫应该痛哭流涕，大喊"我和游击队结仇只是为了执行上级命令，此番亦是不得已"，然后表示愿意投降，只求饶其狗命一条。可是没有想到，这名县自卫中队的队长却没有按照人们常规的"戏路"走。也许是他自觉罪孽深重，恐难得到人民的饶恕；又或是他依然不忘为上司效忠，与人民为敌，只见他乘战士不备，找了个间隙往旁边一米多高的坎上纵身一跃，向着不远处的树林子疾速奔逃。两名看押他的游击队战士措手不及，无奈之下只好开枪，将其击毙。这名双手沾满鲍金富等烈士鲜血，祸害当地乡亲的刽子手，就这样命断邵家坪。

　　2月4日上午9点30分，太阳的光芒，已经将整个邵家坪村照的里外通亮,这场激烈的战斗也以两个支队的胜利而告结束。

花开两枝,话说一头。邵家坪的枪声,通过回声极佳的山湾,不断传到韭菜坪,刺激着村民们的耳膜。红色武装火攻时升腾的浓烟更让韭菜坪的群众看得真切。除了战前安排几名地下党员和进步群众为"皖浙、金萧联军"几路人马带路外,其他党员则发动群众焖番薯、做苞芦馃等,枪声稀疏后,大家用箩筐、竹篮挑着饭菜,沿着山坞的小道,直接送达邵家坪战场。

"那顿饭他们送得很及时,我们也吃得很香。"六十多年后,一位当年的参战老兵对此依然记忆犹新。

经过游击队清点统计,此战共击毙国民党淳安县自卫中队队员20多名,俘虏45人,缴获3挺轻机枪、40多支长短枪,以及弹药若干。

程灿副司令警卫员的壮烈牺牲,引起了广大指战员的冲天怒火。几位前沿浴血的战士在俘虏中反复寻找枪杀烈士的凶手。经过几名俘虏的指认,被俘自卫中队分队长王学三被确定为杀害烈士的凶手。几位战士怒火中烧,当即将其拉出人群,将其击毙,为烈士报仇。

据东山村的老人回忆,战后总结会上,唐辉曾要求几位战士对自己"枪杀俘虏的行为"作出检讨。

　　1949年2月4日下午,浙皖支队和金萧支队的战士们挑着战利品,押着俘虏到了王村埠宿营。大家分开住进村里,四中队单独住在了东侧两里的李氏宗祠里。这时大家发现,背后的馒头山上,白军建了两层楼高的碉堡,只是县自卫中队再也没有机会去使用了。

　　随后,游击队战士对自卫队的老巢——李氏宗祠进行了搜索,发现祠堂里放着七八个小布包或布袋,梁上还并排吊挂着十只半狗腿以及全鸡,狗肉中还夹着子弹的铝片。经过询问当地群众才知道,这些狗都是山区老百姓家看门守院的,但野蛮的县自卫队却一律枪杀,与农家朝暮相伴的家犬却成了匪兵们的下酒菜,匪兵们偷鸡摸狗的劣行昭然若揭。旁边的这些布袋,就是他们捕杀和装鸡狗用的。

　　2月4日这一天还是正月初八,自卫队居然还在驻地留下了这么多狗腿,由此可以看出县自卫中队的匪军所杀狗的数量之多。当地百姓对他们的评价是:他们一到,附近就鸡犬不宁,简直连鸡狗都不敢出声呢。此话看来丝毫不为过。

　　这真是,红白两军德如何? 百姓心眼自然明。欲知后事如何,且听下回分解。

第二十九回　无名烈士英魂永伴韭菜坪
　　　　　战斗英雄解甲归田返故乡

　　打扫完战场,搜索了匪巢,安顿好村民后,战士们抬着烈士的遗体向韭菜坪方向撤离。行至韭菜坪与东山村接壤的一块高坡上时,程灿指令部队停下。也许他想起了几年前的一个黎明,自己从韭菜坪返回东山时,关于身后归宿问题的感慨,他动情地说:我们就将烈士安顿在这里吧!

　　留下几名战士为烈士守灵后,大部队直接开进了东山根据地。

　　在军民共同参加的邵家坪战斗总结会上,程灿简单介绍了警卫员的情况,并请求当地群众协助,让烈士入土为安。

　　"由于大家心情都很悲痛,加上程支书讲的方言听不习惯,而他交代完之后又马上率领队伍出发,护送金萧支队奔赴新的战场,接着转战淳分昌,枪林弹雨中我们失去了联系,直到魂归旧地,所以村里人都没记清警卫员的具体名字，只知道他是绩溪人。几十年了，大家还在为这件事情惋惜呢"。东山村2018年已84岁高龄的老人吴松春谈起此事时，依然懊悔不已。

吴松春的爷爷不顾自身高龄和村里民俗的忌讳，毅然借出了自己备好的寿材，收殓烈士。战友们将烈士随身佩带的手枪和一支缴获的长枪放入棺内，按照当地最高的规格，为烈士举行了葬礼。由于姓名不详，所以其成了一名无名烈士。半个多世纪了，村里人一直为他祭奠，都称他为"程支书的警卫员。"

无名烈士墓位于歙县金川乡东山村，与韭菜坪相邻

邵家坪之战后，披着战后的烟尘，2月5日，皖南支队和金萧支队继续向东行军，横扫了淳安北乡，到屏门宿营，随后各自踏上新的征程。皖浙

支队派出一个中队与金萧支队四中队合编，组成"阔斧部队"，向浙东开拔。

离别之际，皖浙支队和金萧支队的战士们相互之间依依不舍。在两军相处的一个多星期时间里，大家相伴过年，并肩战斗，分别时，自有一番滋味在心头。

当然了，此时国民党淳安县政府官员的心头，也是五味杂陈。因为，作为淳安自卫队的主力之一，第一中队从进驻八都到悉数被歼，前后不过6个月时间。至此，在皖浙边区，他们的控制力基本丧失，该区域遽然就成了红色的世界。他们骤然预感到了自身的风雨飘摇。

县自卫中队主力覆灭之后，设在王阜区域内的白色残余立即成摧枯拉朽状。国民党淳安县政府将设在根据地内的临岐警察所裁并总局，并撤走了固守在交通要道上的敌军，由此为淳分昌地区红色武装斗争的展开创造了有利条件。

在邵家坪之战中立下头功的韭菜坪籍战士、人称红头毛的鲍长洢，解放初就转入地方工作，后来上级任命他为临岐区区长，但这位曾经孤身夺机枪的勇士，却在"官衔"面前怯了场。在上任了一段时间后，他以"自己文化水平不够、地方工作经验不足""家里吃口多负担重、需要照料"等为由，毅然辞去了区长职位，解甲归田，回到韭菜坪所在的横路村，当起了农民。

由于韭菜坪一带地处高山边地，田少地薄，作为有5个子女的大家庭的家长，鲍长清生活艰辛。他的两个女儿先后出嫁至本地仙人潭和花树下。文革期间，曾有造反派要揪斗他，让他说明历史问题，这位从战火中走

鲍长清(红头毛)晚年生活照

来的刚烈汉带着委屈，于上世纪七十年代初期，迁移至福建省政和县铁山乡半源村，直至1989年去世。

这真是，红土有意留忠魂，壮士无奈奔他乡。欲知后事如何，且听下回分解。

第三十回　韭菜坪地下党员失证件
　　　　徐震东出兵边区扑红潮

邵家坪之战后,淳西北已戌为浙皖游击队的频繁活动区域。由其派出精干力量组成的武工队,活跃在浙皖交界处。特别是韭菜坪一带,几乎成为了武工队的强力据点。

看官记得,本著第十回曾说到,一九四七年农历二月十九日晚,在韭菜坪雾云洞观音堂内,由皖南游击队干将胡何仙率队保卫,唐辉、程灿、王成信等主持,吕义高、胡德金、胡花果、胡义耄、胡义仁、胡义如、胡金良、胡德贵、詹立坤等山民举起拳头,在鲜红的党旗下庄严宣誓。因当时仍处于白色恐怖之中,为了保密起见,防止遭受意外损失,全体新党员的党证暂由同是新党员的胡德金统一保管。胡德金将所有党证用油纸包好,趁夜埋在雾云亭后的山崖下。

如今,特别是邵家坪之战后,红色浪潮荡涤淳西北,反动派越来越呈现惊弓之鸟之状,已在"地下"坚守了近两年的党员们决定,亮出红色身份,投身革命高潮。

像两年前一样,地下党员们带着庄严感,来到雾云亭,准备领取自己内心的那份神圣。可当胡德金凭着记忆从后崖取出油纸包时,大家的心同时一惊,发现整个纸包湿气漉漉,霉迹斑斑。打开一看,只见里面用硬纸制作后盖有红印的党证被水渍润透,浆化为一团,已不成形,完全不能辨认。

原来,胡德金将党证藏在了一堵古石坎下,其上有一块石头松动后掉落,引起雨水下泄,加上包裹用的油纸可能被动物啮破渗水,导致党证被毁。

面对自己心中的精神寄托毁坏,全体党员痛心疾首,凉彻心头。

"我父亲生前经常和我提起此事,他说这件事让他悔恨终身。每每说起,他都眼泪汪汪,甚至声音哽咽。"胡德金的儿子,2018年已78岁高龄的胡润森对著者说。

"没事,我们是唐司令和程支书介绍的,他们可以给我们作证。"有位党员的这句话,似乎让大家宽慰了许多。但谁也没有想到,此后,两位"红色将星"的早早陨落,却造成了韭菜坪地下党员们永远的痛。此是后话，按下不提。看官请记此话头。

眼看着武二队在韭菜坪一带不断壮大，建立了稳固的根据地，国民党地方政府心里焦急不堪，他们决定组织力量，对这里进行一次扫荡。

这个时候，有一个人当起了急先锋，他就是徐震东。

徐震东当时算是淳安名人。此人早年参加过北伐，当过连长，在26岁时返乡。1937年抗日战争期间，浙江省抗敌自卫团第五总队成立，由于其有从军生涯，所以被委任为大队长，曾率领淳安、遂安籍战士参加了发生在金华、新昌一带的"酱园战斗"，创造了全歼40多名日军的战绩。可是从抗日战场回来后，此人却成为了国民党反动武装的干将。

1947年3月，徐震东担任淳安县自卫总队副总队长，总队长是由县长韦谈明兼任的，所以徐震东掌握着实际的"军权"。

此君曾经登场过，本著第十七回曾说到，1948年7月29日，徐震东带领200多人星夜赶赴浙皖边区的牛岭后村，围攻张达武工队时，被皖浙游击支队副司令员程灿率队痛击后逃窜。1949年上半年，解放大军的洪流即将越过长江，横扫江南半壁。徐震东好了伤疤忘了痛，丝毫没有感觉到自己末日的临近。红色根据地不断向淳安扩散，让这位自命不凡的"土司令"如骨鲠喉， 做着予以剿灭而后快的美梦。他决定再次发兵浙皖边界，韭菜坪根据地便是扫荡重点。而要打韭菜坪，首先要经过天堂庵。

坐落在韭菜坪一侧的天堂庵，其"身世"的确有些不一般。

有道是，地上万物人作主，天下名山僧占多。欲知后事如何，且听下回分解。

第三十一回　古庵堂古往今来多故事
游击队神出鬼没作营房

上回说到,淳安县自卫总队副总队长徐震东决定再次发兵浙皖边界,韭菜坪所在的红色根据地便是扫荡重点。而要清剿韭菜坪,首先要经过天堂庵。

天堂庵座落在横路村上龙门自然村西南天堂山三山相连的山川平岙里,距上垅门村1.5公里。庵址座北朝南,后有高山,前有左、右小垅,山脚就是七都源头山坑岭脚村,是当地一处风水宝地,历来为僧家所占。

该庵创建朝代不详,但从周边的十几处规格不一的和尚坟茔来看,年代肯定不短。天堂庵的管理有点象股份制,庵中大事如殿宇修缮、主持任命、田地出租等等,一律由胡姓(韭菜坪)、鲍姓(毕家源)、罗姓(里长坑)、方姓(合富、黄潭)四姓族长合议决定,这规矩流传多代,主持和尚只有执行,无权变更。后人估计,这可能与庵堂创建、修缮、捐资有关。

据世居庵边的老人方志伙介绍,天堂庵兴盛时,有大殿一幢,相连的僧舍、厨房一幢,祖祠堂一幢,磨坊一幢,油榨坊一幢,建筑群占地约700多平方米。庵堂前有月形放生池一处,后有古井一眼,虽处山麓高地,却常年泉水不涸,让人甚为称奇。大殿占地300多平米,双天井,飞檐翘壁,雕梁画栋,气势非凡。内供王灵官、布袋、韦驮、如来、滴水观音、千手观音、送子观音、玉帝、24诸天、18罗汉等佛像一百多尊。庵堂四周,古树林立,银杏、龙柏、红枫、花树,胸粗杆壮,连枝成片,遮天蔽日,清幽雅致。

天堂庵香火旺,布施多,山场田地多,租种的农户也多。庵内和尚除收取田租地租外,根据农时收获季节,也外出化缘,师徒随行,大和尚化缘小和尚挑,或稻谷、麦子、黄豆、玉米之类,用不大的盘子,讨取一盘,然后送给农户5张黄表纸符,保平安的、镇邪的、驱鬼的都有,并邀请百姓逢年过节,上山进庵烧香,免费供应餐饮。上世纪三四十年代,每年大年初一的头香则被山下岭脚村的方永华所包,原因是该庵堂香坛山为方永华所献。

当地有俗语:七都作斋请和尚,八都做醮请道士。天堂庵内的和尚也经常应丧户之邀上门作斋做醮,为死者做法事，主要是摆供、焚香、化符、念咒、诵经、赞颂等，以祭告神灵，祈求消灾赐福，少则三天，多则七天。作斋完毕，收取一定银两。

最值得一提的是，由于庵堂地处偏僻，山高皇帝远，三教九流都有，可谓鱼龙混杂。庵中除迎来送往烧香拜佛、许心还愿、布施修福、供奉果品的香客居士外，还容纳赌徒、劫匪窝藏，比如当时的劫匪方如金、方嫩苟(系父子、后因分赃不匀，被同伙打死)就曾把天堂庵作老巢，同时也收留无家可归的流浪汉。

据方志伙老人介绍，地处偏野的天堂庵也曾驻过武工队。方志伙表示，他当时大约十来岁，非常清楚地

天堂庵遗址

记得,当时武工队一般都在深山老林及岩洞茅棚中安营扎寨,基本上是打一枪换一个地方。为了甩开敌人的跟踪,防止敌人的偷袭,在有着丰富地下工作经验和群众基础的地下党员配合下,几乎每个晚上都要换营地。其中,天堂庵就多次成为武工队的临时营地。因此天堂庵笃定要成为红白两军过招的厮杀地。

这真是,红旗舞风映山野,白兵失魂在古庵。欲知后事如何,且听下回分解。

第三十二回　徐震东连夜运尸祭亡命
　　　　　张爵益子弹卡壳未伏魔

看官记得，第三十回说到，1947年3月，徐震东担任淳安县自卫总队副总队长，总队长由县长韦谈明兼任，所以徐震东掌握着实际的"军权"。由此也可以看出，韦淡明对徐震东的器重。

邵家坪之战中，负隅顽抗的国民党淳安自卫队中队长虞兆鑫，分队长王学三、李学文等20多人，被解放军皖浙支队击毙。三挺机枪、40多支长短枪以及弹药若干，都成了两个支队的战利品。其中在逃跑时毙命的虞兆鑫还有一个特殊身份，原来他是韦谈明县长的嫡亲老婆舅。

也许是为了感恩韦谈明的知遇之恩，或许是为了表现自己的"爱兵之情"，在确定解放军皖浙、金萧两个支队撤离战场后，徐震东率领其他中队人员，连夜赶到八都源里，打着火把，将虞兆鑫等人的尸体，从白云溪的十八里青山抬出。

对于邵家坪之战后徐震东的表现,《徐震东轶事》著中,其贴身副官方如富有过详细的叙述。

据其讲述,徐震东亲自带人将二十多具尸体从八都源沿宋村十八里青山抬出后,摆到新安江里的船上,装运到贺城南门头的溪滩上,排列了一大片,一具具弹痕累累的尸体大多已显模糊。国民党淳安县县长兼自卫总队长韦淡明、副总队长徐震东召集一千多人,在中山公园为虞兆鑫等人举行所谓的"追悼大会"。徐震东站在主席台上主持,几度声音哽咽,还不断擦拭着泪水。徐震东毕竟是心狠手辣、打过恶仗的军人,作为贴身副官,这也是方如富第一次看到徐震东流眼泪,因为虞兆鑫的第一中队是自卫总队的一张王牌啊,它的覆灭,已使徐震东的底气锐减,元气大伤。

方如富回忆道,追悼会结束后,徐震东命令我们将虞兆鑫等人的尸体全部用温水擦洗干净,换上刮新的军服。入殓后,每人胸脯上放一块绣有"蝙蝠"图案的八都麻绣。因为八都麻绣一般都绣着双喜、蝙蝠、鹿等图案,蝠和鹿是"福"和"禄"的谐音字。由此可见徐震东的良苦用心和绝望心态。

"当得知皖浙支队主力撤离后,张达(又名张爵益)武工队仍在淳西北六、七、八都一带活动的情报时,复仇之火迅速在徐震东心头燃起。他亲自带领残余的100多自卫队前往围攻。两支队伍遭遇后展开了激烈的枪战，当时双方相距很近，我瞟到张达举枪瞄准徐震东的瞬间，便飞也似的冲上去将徐震东按倒在地，可没听到枪响，只听见张达自言自语道：这枪怎么不响呢，唉，这只白头颈老鸦该当不死啊！"方如富如是说。激战一番后，双方各自撤离。

另据当地眼线报告，邵家坪战斗进行之时，有很多韭菜坪的村民背驮肩挑，拼命为参加战斗的解放军战士送早餐，后来还帮助共军抬走战死者的遗体。由此判断，韭菜坪村民中肯定有很多共产党，就算不是共产党，也绝对是与共产党部队关系密切的"红胚子"。

为了雪自己枪口捡命之耻，报邵家坪主力覆灭之仇，徐震东气急败坏，命令自卫总队的残余的两支中队"组团"进山，以图一举扫平韭菜坪根据地，剿灭东山村的武工队。可他们那里知道，此次的如意算盘打得也不顺畅。

这真是，本想恶狼扑弱兔，不料毒蛇遇獴群。欲知后事如何，且听下回分解。

第三十三回　天堂庵阻击战斗成绝唱
　　　　　　自卫队掉队士兵当俘虏

　　话说徐震东率领国民党县自卫队与武工队遭遇，差点命丧张达之手，这让他惊魂稍定后更是气愤难消。稍事修整后，又率两个中队共一百多人，从七都源出发，经过唐村、横石、黄石潭，准备经过天堂庵，然后直插韭菜坪。

　　皖浙支队派出的武工队一直活跃在进可攻、退可守的韭菜坪一带，一边开展武装斗争，一边放手发动群众，并时刻保持着皖南根据地与淳西北游击区之间的联系，他们很快得到了敌人即将进犯的情报。驻守瓦上、东山的两支武工队迅速集结，赶到韭菜坪外凹对面的天堂庵，迎击来犯之敌。

　　武工队中有一名战士是当地岭足自然村的，名叫方云法，当天被安排在隘口放哨。虽然天色渐暗，但山湾里自卫队扭蛇般行进的队伍仍没有逃过他的眼睛。发现来犯的敌人，方云法向其他哨位打了个暗号后，拔腿就赶往天堂庵报信。可是哪里想到，在其"长官"的催促和威逼下，这群自卫队居然脚力特别足，行动非常快，而方云法因为要注意隐蔽前行而影响了速度，所以竟然被敌人超越。眼看杀气腾腾的来犯者要在他到达之前偷袭天堂庵，进而攻击韭菜坪，情急之中，他只得在半山腰提令向着急行的敌人扣动了扳机。

"砰"地一声枪响，打破了沉寂的夜，在山谷中引发了长长的回响。驻守天堂庵的武工队一跃而起，立即投入战斗，依托战壕、密林向敌人发起了进攻。

当时，胡云璋也在参战人员之列。据老人回忆，当时敌人大约为100人，武工队方面主力是住在瓦上和东山的皖南游击队，人数也在100人左右。当时夜色已深，几乎伸手不见五指。为了区分敌我，武工队所有战士都在右上臂上系一块白布。敌我两方在天堂庵附近的山林里穿梭突击，此起彼伏的枪声，响彻了整个山谷。

胡云璋这个时候已经是一名成熟的武工队战士。他手持着手枪，不停在树林里旋还，不断向手臂没有系白布条的人群射击。激战时，林中的荆条、芒叶将手脚割得血痕累累也未知觉。

经过两个小时的战斗，国民党自卫队长长的队伍头尾难顾,最后沿山形作鸟兽散。其中,有一部分敌人向临岐方向逃跑,落在后面的8名敌兵因找不到逃窜的路径,就像无头的苍蝇四处乱窜,糊里糊涂地被武工队捕获,并缴枪2枝。另一部分敌人慌乱中翻过韭菜坪,往八都源外仓皇逃窜。

此次战斗被党史研究者称为天堂庵战斗,也叫外凹阴山战斗。从此,鲜血浸染、饱经苦难的韭菜坪告别了战火。几十年后的今天,韭菜坪的不少村民还保存着到天堂庵干农活时捡来的子弹壳。

再说说天堂庵吧。解放前夕,庵内有光红、发光、金辉3名和尚,还有伙夫1名。还未解放,光红和尚因与人争风吃醋,被人用土铳打死。饱读诗书的发光和尚在土改后守着好几亩地,因不会种粮,于1958年饿死。至于金辉和尚则好逸恶劳,后来去向不明。

此外,天堂庵解放时殿宇保存完好,供奉佛像众多。土改时划归合富村。文革时庵内佛像被毁。由于土地山场多,二十世纪六、七十年代,合富村在天堂庵成立林业队,二三十人进驻,庵堂得以保存。到二十世纪八十年代,殿宇被拆,梁柱被卖,文物被毁。特别是庵前一株千年银杏树,由于树身过大,虽然逃过了大炼钢铁时的"炉火",后来却还是被人砍掉外售,令人扼腕。

目前，天堂庵仅留下僧房半间，厨房一爿，古井、月塘各一。枪声远去，遗址尚存，引发后人无数的遐想与感慨。

这次进犯根据地"复仇计划"的始作俑者徐震东再次撞了南墙，在要尽了灭亡前的疯狂后，一步步地走上了末路。

这真是，春到草木吐绿色，冬来蛇蝎成僵尸。欲知后事如何，且听下回分解。

第三十四回　韭菜坪古庵四周驱匪徒
　　　　　刘家院茅厕旁边毙枭雄

上回说到,经过两个小时左右的激烈夜战,天堂庵战斗以徐震东的所谓自卫队溃败或被俘而告结束。从此,这位出生在威坪汪川,参加过北伐、经历过抗日的"一代枭雄",直至沦为匪首,横尸他乡,葬回老家,也没能再次踏上韭菜坪这块血色的红土地。

1949年5月2日,淳安县宣告解放,徐震东率余部向县军管会登记,缴出全部武器,受到宽大处理。他表示要闭门读书,学习新民主主义,按时汇报心得,重新做人。

中共淳安县委、县人民政府成立后,徐震东龟缩乡间,眼看着解放大军调离淳安,当年7月初他便开始暗地发展土匪武装。8月11日,徐震东重新打起"青年救国团皖浙边区游击纵队"的旗号,自任司令,任命徐建中为副司令,指定方祖亮为县长。8月15日,徐建中率宋坤位支队袭击桥西区人民政府,杀害南下干部侯延芝和一名进步群众。还派人潜入县城涂写反动标语，放出威胁谣言。

8月25日，徐震东亲率数百名匪徒，攻占威坪区人民政府，杀害县武装大队战士3人和区干部一名，抢走枪支50支，抢劫商船70余艘，抢掠商店布匹20余匹。从金华军分区驰援的解放军钱登贵连击溃了土匪，将被围困的威坪区区长张达等人解救。

9月1日，徐震东率匪军残部流窜到港口镇，准备次日凌晨偷袭港口镇人民政府。区政府食堂炊事员老王次日早起挑水时发现了土匪影踪后，区政府驻守人员当即组织坚守并反击，将匪群击退。9月13日傍晚，徐震东率匪部袭击茶园区清平乡（今富文乡）湖下村，妄图与建德境内的土匪呼应，建立所谓的"反共根据地"，被在此据守的武工队击溃，伤亡惨重，残部退至清平乡里半源隐蔽。

在此同时，驻白沙的人民解放军72师炮兵营，一举歼灭了洋溪岭和大坞岭之间的股匪，切断了徐匪退向建德的后路。

9月19日，穷途末路的徐震东率残部在富文村露面。在附近吃完晚饭后，徐震东便溜到潘家源其姘妇家住宿。

　　驻航头、文昌的剿匪部队很快侦知了清平乡的匪情，当晚，即由航头出发，过文昌，绕浪洞源，翻山进入潘家源，抄后路围剿徐震东匪部。进入潘家源地区后，先头部队发现一名匪岗哨，便大声喝问："哪一个？"这个匪徒做梦也没有想到后路会有解放军，便漫不经心地回答："震东部"。解放军防恐有诈，再进问一句："是哪部分的？"匪兵还以为是自己人和他开玩笑，便狠狠地说："震东部！"当匪哨兵看清是解放军时，慌忙鸣枪报警，当即被解放军战士一个箭步上前抓住，缴了他的枪。剿匪部队迅速包围了潘家源村三间瓦房和其他几间草屋。匪徒们听到枪声后，立即开枪射击。徐震东也慌忙持枪冲出房门，偷偷地迂回到厕所边进行顽抗。解放军战士用冲锋枪连续扫射，一颗子弹射穿徐的腰部，徐当即血流如注，倒毙在厕所门边。

　　这次奇袭，徐震东匪部除击毙者外，全被生俘。为消除群众顾虑，剿匪部队将徐震东尸体运往淳城镇示众。

　　当时，韭菜坪有两位村民正在老城卖土货，目睹了当时的场景。据他们回村时讲述，解放军押着被俘的土匪抬着徐震东的尸体游街，后被摆放在中山公园的篮球场上，整个贺城一片沸腾。由于天气炎热，尸体的弹孔里散发出阵阵的腥臭，大头苍蝇嗡嗡盘旋。尸体高高翘起的肚皮上放着一块白底黑字的硬纸板，上面清晰地写着一行字：匪首徐震东。

其后，徐震东的尸体被抬到老家，安葬在老家店门前自然村后面的山坡上。

韭菜坪的村民闻讯后都发感慨：在淳安算个人物的徐震东，一生先有功后有罪，虽然幸运逃过了张达的枪口，但终究还是在剿匪大军面前丧命。

至于当地人为什么都戏谑地称他为"白头颈老鸦"，大概与他穿北伐军军装时"脖系白围巾、大盖黑帽檐"的形象有关。

这真是，为国御寇堪可赞，沦作匪首终被诛。欲知后事如何，且听下回分解。

第三十五回　竹筒坦村走出烽火猛将
　　　　千岛湖畔留下红色灵魂

看官记得,邵家坪之战后,徐震东率队进山复仇时,差点命丧武工队长张达之手。其实,在韭菜坪,张达的威名可谓是家喻户晓,妇孺皆知。在老辈人口中,张达可是个会使双枪,武功超群,能飞檐走壁的传奇式人物。

张达,原名张爵益,1910年5月19日出生于安徽省歙县竹筒坦村一个贫苦的农民家庭。因家境贫寒,幼时以做裁缝糊口。1932年,国民党军队把他们村庄的房子烧光,张达被"逼上梁山",参加了方志敏领导的工农红军,担任交通员。

1933年9月,张达加入中国共产党。1935年8月10日,中共淳安县委和皖南游击队举行金竹武装暴动,张达担任红军连副连长。为了宣传革命道理,红军连长李春海还编写了许多革命歌曲教大家唱,以鼓舞人们的斗志,指出革命的方向。当时,在金竹一带流行最广的要算《红军歌》了。在韭菜坪区域打游击时，张达曾教当地地下党员和穷苦百姓唱过这首红歌。几十年后，年过八旬的张老对其歌词依然能背得一字不差。

1934年6月初至8月底，歙南、淳西北一带山区久旱无雨，造成严重的灾荒，夏粮几乎颗粒无收。淳安县83乡里受灾，受旱面积达15.8万亩，仅第一区就有12573亩颗粒无收，民称"甲戌大旱"。多数池塘水沟枯竭，农民用龙骨水车车水抢救少数稻苗，但收成均为2成至3成。是年，地玉米又遭早霜冻害。1935年入春后，出现青黄不接，农民靠挖野菜度日，但是土豪劣绅却乘机囤积粮食，高价出售，收租逼债。国民党政府的苛捐杂税逼得农民走投无路，许多人家妻离子散，家破人亡，百姓们反抗的心情就像一堆酥燥的干柴，一点就着。

在武装暴动中，身为副连长的张达，一直身先士卒，冲在前面，英勇作战。是年11月，暴动队转战到淳安县威坪六都源叶家乡水碓山一带活动时，骨干人员被淳安县自卫队第八大队捕获，关入贺城监狱。在狱中，张达惨遭老虎凳等酷刑，仍坚贞不屈。在狱中，他教狱友唱红军歌、练武术拳，并给狱友缝补衣服。3年后，因国共合作而获释。出狱后，他积极寻找党组织，并于1942年3月重新加入中国共产党,他和徐林寿等人重新走上革命斗争道路。在皖南游击队做地方工作。

1947年至1949年5月,张达在淳(安)歙(县)边区组织皖浙游击支队,任武工队长。根据革命斗争形势的需要和组织上的安排,他一直在浙西淳安、皖南歙县一带坚持革命斗争活动,直到解放。在对敌斗争中,他率领武工队神出鬼没,经常活动在淳西威坪地区的横双、叶家、妙石、唐村、王阜、严家等地,其中,韭菜坪是他们转战皖南和淳西北的中转通道。

1949年5月2日,淳安县解放后,张达同志一直留在淳安县工作。刚解放时,张达担任威坪区区长,期间历经险象环生的剿匪斗争。此后,他历任淳安县民政科科长、县人民武装部副部长、淳安县人民检察院副检察长、淳安县内务部副主任等职。

1976年4月,张老光荣离休,享受地专级干部待遇。1992年10月26日,这位名扬浙皖的老革命病故于千岛湖镇,享年82岁。一缕红色灵魂的升腾,却在红色浸染、绿色满溢的千岛湖畔留下了脍炙人口的传奇。

看官记得,一九四七年,韭菜坪雾云洞党员会议上,曾经出现过另一位风云人物,韭菜坪的地下党员和进步群众对他印象深刻。他是皖浙红色根据地的创建者之一,邵家坞之战的"前线总指挥",更称得上是中共淳分昌工委的"带刀侍卫"。他的经历可谓"身经百战、九死一生"。

　　有道是,浙皖边界,曾经一员虎将;新安江畔,永驻一缕英魂。欲知后事如何,且听下回分解。

第三十六回　闽西山区穷娃奋起闹革命
　　　　　国共合作程灿投身新四军

看官可以从前文中体察到,韭菜坪的风云记,皖南地区的斗争史乃至新四军的演变史和浙皖边区的革命史,似乎都和一个人名紧密关联。他就是被韭菜坪和东山、瓦上红色根据地地下党员和进步群众所津津乐道的"程支书"。从这个昵称中,人们可以认定,这个真名叫程灿的"程支书",实际上是当地地下党组织的直接领导人之一。

程灿,1914年出生于福建省莆田广业山区的一个贫穷家庭。1928年,入白河小学读书。

1930年底,程灿小学毕业后因家庭经济困难无法继续上中学,只好回到家乡为父亲分担生活重担。时值莆田外坑苏维埃政权被国民党地方当局残酷镇压,广业山区的革命斗争转入低潮,地方反动势力更是加紧反攻倒算。苛捐杂税多如牛毛,加上在国民党军大抽壮丁,弄得人民群众苦不堪言。年仅16岁的程灿面对战后的家乡荒凉遍野,疮痍满目,不胜感慨,人世间的善恶是非在他脑海里逐渐清晰起来,因而深感苦闷与彷徨。

1932年5月,中共莆田县委在广业、常太山区重建游击武装,促进了程灿家乡革命形势的发展。在此期间,游击队领导人经常出入程家,向程灿及其父母宣传革命道理,使程灿的革命觉悟有了进一步的提高。

1934年10月,中共莆田中心县委派陈建新到广业山区开辟游击根据地,游击队及其党组织领导人经常在程灿家乡一带活动,有意识地对程灿进行考察和培养。同年12月,游击队袭击了常太枫叶塘镇公所常备队,缴枪20多支,揭开了闽中三年游击战争的序幕。这场战斗的胜利,对程灿产生了很大的鼓舞作用,从而更加坚定了他投身于革命的信心。随后,为了扩大游击武装力量,党组织将程灿等一批积极分子抽调到常太集中训练,并编入闽中工农红军游击队第二支队。程灿因年纪尚轻又有些文化,支队领导留其在支队部任通讯员。程灿加入闽中游击队之后,经受了战争的严峻考验。

1937年8月,闽中国共和谈合作抗日取得初步成功,闽中游击队改编为国民革命军陆军第八十师特务大队,程灿随军改编,仍任大队部文书。1937年底,特务大队奉命调往泉州,由于环境和斗争对象的变化,给特务大队带来许多新的问题,特别是领导闽南各界建立抗日统一战线成为当时的主要任务。粗懂文墨的程灿在这种情况下其作用更加重要,他不但要抄写各种抗日宣传材料,还要同社会各界进行沟通联系,传递情报和信息,应付各种复杂的场面。

眼看红色武装在人民群众中如鱼得水,组织群众投身抗日的影响力和号召力不断加大,反动势力即担心又害怕。1938年3月,国民党八十师设局诱杀了闽中改编部队的领导人刘突军,并将改编后的特务大队包围并缴械。后经中共福建地方组织及新四军总部的多次交涉,国民党福建当局在理屈词穷中只得将闽中改编部队交还给新四军。同年5月,程灿随军到达皖南新四军军部,在军部特务营第二连任通讯员。从此,他便开始与皖南这块热土结下不解之缘。

从一位穷苦农家的普通孩子,成长为一名投身革命的红色战士,程灿在不断成长的同时,也将面临着越来越严峻的考验。

这真是,烈火炼钢钢更硬,抽刀断水水更流。欲知后事如何,且听下回分解。

第三十七回　抗敌寇虎将转战苏浙皖
　　　　　灭顽匪雄师大战李金坑

　　程灿参加新四军之后，得到更加全面的培养和锻炼，加上他忠厚老实，埋头苦干，深受部队首长和战友们的好评。1939年3月，程灿光荣地加入了中国共产党，随后调任新四军军部特务营营部书记。

　　1940年夏，为了加强南方各省的游击武装斗争，新四军派遣一批骨干返回原籍加强地方游击武装的领导。程灿、罗迎祥等人装扮为商人结伴同行，准备返回闽中，后因途经天目山时被国民党军队冲散，因此程灿单独返回皖中新四军部队。1940年1月，程灿随新四军苏南独立第二团挺进太蠕地区，并同当地的武装力量程维新部队合作抗日。从此，程灿枪林弹雨，出生入死，转战苏、皖、浙三省。在战斗中程灿逐渐成长，由一个普通战士锻炼成为出色的指挥员，先后担任了连指导员、营教导员等职。

　　抗日战争胜利后，新四军奉命北撤，为了加强苏南地区的武装斗争,防止地方反动势力的"反攻倒戈",军部决定将程灿所领导的那个营留下,配合苏南人民群众一道开展武装斗争。为了适应新的斗争形势,中共苏浙皖边区地方组织进行了调整,加强了党的领导力量,充实了武装队伍,并成立了苏浙皖边区司令部,程灿被任命为苏浙皖边区司令部党总支书记。

新四军北撤之后,国民党军队趁机"收复失地",派兵进占苏南地区,加上地方反动势力卷土重来,一时间苏浙皖边区乌云滚滚,白色恐怖。1945年10月中旬,程灿率部消灭了杨巷"还乡团"之后,于11月上旬遭国民党主力部队的包围,苏浙皖边区司令部遭受严重损失,程灿所部也同上级党组织失去联系,只好在宜南山区坚持斗争。

1946年夏,中共华东局发出"七一"指示,这时程灿部队同中共皖南地区取得联系,并根据华东局的指示,将部队开往安徽歙县一带开辟新根据地。

1948年下半年,程灿所在的中国人民解放军皖浙支队有了较大的发展,在皖浙两省都有很大的影响,身为支队副司令员的程灿,身经百战,名声大振,成为当地民众敬佩的战神,同时也是国民党地方当局的"眼中钉"、"肉中刺"。国民党浙江保安团团长徐震东曾扬言要亲手活捉程灿。当时程灿正率支队的第二、四两个连在歙县的长春坞休整。为了诱敌上钩，他故意写信给徐震东，激徐出兵。徐中计，派400多人向长春坞扑去。程灿事前布置部队撤离，让保安团扑空。事隔不久，支队派出10多名战士到离敌不远的李金坑村活动，徐震东获悉情报后立即派出一个连连夜包围李金坑，要求部队在拂晓前进村，不许开枪，统统抓活的。程灿将计就计，带领两个连反包围了李金坑，以二倍于敌之兵力，形成卧虎扑羊之势，在20分钟之内将敌歼灭。

李金坑大捷充分展示了程灿果敢的决策能力和高超的指挥艺术，给皖浙边区的白色世界涂上了一片浓浓的红色，给当地国民党反动武装奏响了丧钟的前奏。

这真是，飞龙腾处千山艳，虎啸声中百兽急。欲知后事如何，且听下回分解。

第三十八回　赤色将星陨落印渚埠
血红英魂永伴韭菜坪

词曰：十年血拼，地暗天昏，山川回荡号角声。一唱雄鸡天将亮，几度殊死破坚冰。莫道青山阴霾盖，热血热土出奇兵。注目新安江畔，大地始返青。

黎明时分，虎将献身，丹心供奉主义真。曾经指路雾云洞，韭菜坪上唱强音。早将生命置度外，吾用吾血净乾坤。只为苍茫大地，枯木早逢春。

1949年元旦，毛泽东发表《将革命进行到底》的社论。随后，中国人民解放军挥师南下，以大兵压境之势，直逼南京城。程灿所领导的中国人民解放军皖浙支队也奉命南进。1949年3月，程灿奉命率两个加强连赴浙江山区开辟新的战场和收缴地主武装。部队行至离桐庐县分水印渚埠一公里多的地方，发现村头有敌人的哨兵。程灿指挥部队迅速抢占村外的一个制高点，随即200多名解放军战士像猛虎下山似的向村里的敌人发起冲锋,将敌人挤压到村旁的大河边。正当这批敌军进退两难准备缴械投降时,忽然后面山头上出现了敌人的援兵。敌情突变,程灿的部队腹背受敌,情况十分危急。程灿果断指挥部队抛开正面的敌人,火速退回到原先的高地与敌援兵对峙。由于遭到两面夹击,程灿的部队伤亡严重,战斗力大减。程灿从中午到黄昏连续组织三次突围都没有成功,随后,他与其他指挥员交换意见,制定了一个新的突围方案。由程灿将剩下的有生力量集中到正面,组成一道100多米的火力墙,乘天黑之际,向离前沿阵地只有100米的正面敌人猛烈射击,边打边冲,杀开一条血路。当队伍冲杀至一处山坡时,突然,一颗子弹击中了程灿的右胸,顿时血如泉涌。战士们将他扶上担架抬着走。他用手压住伤口,嘱咐二连长孙仲友代替自己的职责,迅速指挥部队撤退。支队的剩下人员在二连长的率领下,以惊人的毅力,翻山涉溪,马不停蹄地连续跑了七十多里山路,终于摆脱了敌人,尔后撤入中共淳分昌工委办公地瑶山何家。由于一路颠簸,未能及时救护,程灿失血过多,次日,一颗火热的心脏停止了跳动。

程灿的牺牲给皖浙支队的战友们带来无比悲痛,战友们扑在程灿的遗体上痛哭失声,其情其景使在场的干部群众无不黯然泪下。

看官记得,本著第十六回曾提到,一次,程灿在韭菜坪社庙召开党员会议,黎明时分返回皖南途中经过皖浙边界的一座山峦时,曾停下脚步,眺望着起伏的峰峦和苍翠的山垄,深情地说:这里真美丽,好壮观啊。如果哪一天我为革命光荣了,请你们将我埋在这里吧!

为了实现这员虎将的遗愿,战友们在游击区群众协助下,抬着程灿的遗体,沿着他战斗的足迹,经过韭菜坪,护送至安徽省歙县,安葬在周家村乡木竹坦村的一个向阳山坡上,并树立了一个纪念碑,以让后人世世代代瞻仰。

程灿墓正面朝韭菜坪,背靠皖南。每年扫墓拜谒

程灿烈士墓

的人群中，会经常出现韭菜坪党员和乡亲的身影，他们对他们心目中的"程支书"敬若神明。

新中国成立后，党和人民为了表彰程灿的英勇事迹和功勋，追认他为革命烈士。

经证实，一九四七年农历二月十九日参加雾云洞党员会议，程灿的亲密战友，韭菜坪地下党员口称的"老朱"，就是曾或震皖南和淳西北的原武工队队长郏繁。1986年，作为安徽省电大离休干部，老人在东山、瓦上、韭菜坪等故地重游后，专程到歙县大洲源木竹坦程灿墓陵拜谒，含泪写了一首悼词：为偿宿愿大洲行，木竹村头拜墓陵。皖浙扬威寒敌胆，印渚浴血陨将星。迎来解放君仙去，痛失良师悲泪倾。长啸山林我代哭，满园苍翠慰英灵！

"程支书"的壮烈牺牲，让韭菜坪的党员们陷入了极大的悲痛，他是革命引路人，更是大家"党员身份"的见证者。"党证"的损毁，"支书"的牺牲，使"地下党员们"更加思念另一位负责人，他是战争年代到过韭菜坪的"红色巨星"，也是大家见过的最高级别的党政军领导人。

这真是，烽火岁月望红日，花开时节盼春风。欲知后事如何，且听下回分解。

第三十九回　参加新四军书生从戎
　　　　　回访根据地唐辉牺牲

　　韭菜坪的地下党员们见过的最高级别的党政军领导人，就是时任中共皖浙工委书记，中国人民解放军皖浙总队总队长兼政委的唐辉。大家一直习惯称他为"唐司令"。

　　唐辉，字土壤，别名余山，化名老郭。湖南岱水桥乡百宁村人，民国4年(1915年)6月出生。

　　民国24年(1935年)，唐辉毕业于湖南省立第一中学高中部师范科，留校任附小教员。民国26年(1937年)7月，抗日战争爆发，他组织抗日宣传队和附小师生一起义演，积极为支前募捐。经中共党员喻晋功、王亚夫介绍加入中国共产党。是年，他报考浙江大学、武汉大学和中山大学，均以优异的成绩被录取，后入中山大学化学系就读。民国27年(1938年)5月，日机轰炸广州，学校被迫西迁，后又因经济困难停学。由中共长沙市委介绍，他去第一师范附属小学任教。

是年10月,由中共湖南省委介绍,唐辉和妻子戴庆哲及刘希孟3人,艰难跋涉两个多月,从湖南到达皖南泾县,在新四军总部担任政工工作,开展抗日武装斗争。

民国30年(1941年),在震惊中外的"皖南事变"中,唐辉被捕。其妻子

唐辉照片

戴庆哲是长沙人,中共党员,当年6月19日在武夷山下赤石镇,与其他6位被捕的女同志一起被国民党反动派杀害。

唐辉被捕后被反动派关押,受尽折磨但毫不屈服,后参加越狱暴动,逃离魔窟。1941年10月任中共旌(德)绩(溪)县委书记,带领3个人,一条半枪(两条枪中有一条打不响),开始游击战争。1942年3月,开辟绩溪上横路游击根据地,创建绩溪游击队。1943年春,游击队发展到30余人。1945年2月,唐辉率游击队进驻九华,成立皖南抗日反顽游击根据地第一个乡级民主政权,发动、组织群众开展抗捐、抗粮、抗丁、抗夫斗争,游击区

控制了纵横百余里、近四万人口的大片地区。1946年任皖南地委委员和苏皖军政委员会委员,部队扩充到一千余人,成为皖南地区一支威名赫赫的人民武装力量。

1947年,中共皖南地委将中共歙绩旌宁昌工委改为中共皖浙工作委员会,唐辉任书记。同时,以皖南游击队、武工队为骨干,组建了皖浙总队,唐辉任总队长兼政委。他提出的"今后工作,决定争取时机,以主要力量集中搞淳安"的战略方针,得到了上级的肯定。也就在这一年,唐辉亲率皖浙工委和皖浙总队主要负责人,突出皖南,进入淳安,在胡何仙武工队的护卫下,以韭菜坪观音庙会作掩护,发展了一批党员,播下了革命火种。

几十年后,韭菜坪的地下党员们对"唐司令"依然记忆犹新。"唐司令身材魁梧,声音洪亮,讲话在理,语气亲切。"吕义高、胡德金等生前经常向村民讲起他们这段一辈子都抹不去的记忆。当时他们只知道,"唐司令是最大的领导"。后来他们听说,"唐司令"也到前线指挥了邵家坪之战,但由于部队撤离迅速,大家始终没有再见上"大领导"一面。

1949年4月,为迎接解放大军渡江作战,唐辉奉令率部布防于芜湖一带,先后策动国民党安徽省保安第五旅、一〇五军炮兵指挥连起义,迫使敌暂编第二纵队一万余人投诚,解放旌德、绩溪两县。

皖南解放后,唐辉先后担任中共徽州地委副书记、书记。1951年,作为南方老根据地晋京观礼代表团闽浙赣分团团长,唐辉受到了毛泽东主席接见。次年5月调任中共安徽省委工业部副部长兼省人民政府工业厅副厅长。

1952年11月,唐辉决定利用工作之余,重走战斗过的皖浙边区,回访并肩过的党员群众,了却心田里的感恩情愫。然而,出发不久后就传来噩耗,当月26日,

坐落于歙县的唐辉烈士墓

在由屯溪前往歙县途中，因汽车失事牺牲，时年37岁。

　　据幸存的陪同人员讲述，在唐辉确定的路线图上，东山、瓦上、赵（邵）家坪、韭菜坪等地都是他此行的目的地。然而，一次意外事故却使韭菜坪的党员们永远失去了再次见到敬爱的"唐司令"的机会。

　　1971年5月，安徽省民政劳动厅追认唐辉为革命烈士。1978年2月，安徽省歙县为"唐辉烈士墓"立碑，以彰英烈。

　　这真是，新安不慎留英烈，边区永忆引路人。欲知后事如何，且听下回分解。

第四十回 老党员固心守望来时路
旧山村阔步走进新时代

　　词曰：美女山麓，天堂古庵，枪声曾经震山湾。红旗卷西风，热血润新安。

　　彩云生处，斩皖雄关，改天换地已几番。凯歌传清韵，把酒尽余欢。

　　悠悠岁月，峥铮铁马。一块四处流民的寄身地，一群生存维艰的拓荒者，上百年听天由命，几十代自生自灭，却与跌宕起伏的红色斗争史难解难分，在风起云涌的淳安革命史中扮演主角。这不仅是历史的裹挟，更是潮流的荡涤。

　　世代只知垦荒刨食、养家糊口的一群韭菜坪山民，自从一九四七年春季的那个夜晚，在一面红色的旗帜下举起拳头，在一个神秘的图腾前发出誓言后，他们就首次体验到了思想的觉醒，猛然感觉到了自身的神圣。是的，原来自己并不能置身世外，更不是孤立无援，而是属于同一个阶级,这个阶级抱团奋起的力量,将足以改变自己乃至整个国度的命运。这就是他们把藏在雾云亭后的那个包裹看得比命还重的原因。

"党证"的损毁,让韭菜坪的地下党员们失落万分。在那个腥风血雨、你死我活的特殊年代,要健全红色团队的个体政治档案实际上是不可能的,很多时候,当事人的证明是证实身份的唯一凭据。可当时斗争形势严峻,领导居无定所,队伍四处转战,他们根本不可能找到"上级领导"为自己补办证件。后来,胡何仙的惨遭杀害,已使他们没有了直接的联络人。"程支书"的壮烈捐躯,也是大家失去了直接的领路人。再后来,"唐司令"的不幸牺牲,更是让他们失去了心目中的"最高领导人"。能为他们"验明正身"的希望变得越来越渺茫。

其实,还有一个当事人解放初时离他们并不远。他就是曾任中共绩宁昌工委书记、中共路东工委书记兼中共绩宁昌工委书记,后在瑶山乡何家村上任中共淳分昌工委书记的王成信。他也在雾云洞见证了韭菜坪党员们的入党仪式,尔后还在党员们的护送下,几次转道韭菜坪赴淳分昌地区开展工作,可以说和大家有着"几面之交"。只是由于党内纪律的约束,大家一直称他为"老王",并不知道他的真实身份,乃至真名。王成信是解放后中共歙县县委的首任书记,与韭菜坪可谓近在咫尺,可限于当时"爬山完全靠腿,传话基本靠嘴"的现实条件,加上解放之初万机须理,百废待兴,王书记一直没能与韭菜坪取得联系。

解放后,随着一浪高过一浪的社会主义建设热潮,由于缺乏必要的证明身份的条件,韭菜坪"地下党员"们的身份一直没有机会验证,时间的流逝更让其成了一个日趋远去的"悬案"。但大家并没有将此解不开的"心结"转换为心不甘"情绪",他们依然以战争年代同样的觉悟和斗志,积极投身激情燃烧的岁月,全力融入万马奔腾的时代。

二十世纪五十年代,仙人潭小型水电站建成,云雾山中的韭菜坪实现了村里通广播,户户亮电灯。六十年代,黄石潭与韭菜坪的连线公路接通,汽车将大山和外面的世界大大缩短。七十八十年代,村里大力兴修水利,引进了贡菊,发展山核桃、茶叶等,先后建造了大会堂,建起了茶厂,办起了学校,一口清澈的高山池塘更是日夜映照着这里的变迁。进入二十一世纪,村里的变化更是日新月异,网状林道、硬化公路、互联网络、休闲广场、小车别墅,让人眼花缭乱,显示

千岛湖传媒中心红色采风团在胡何仙烈士牺牲地——绩溪县校头村合影

　　着这里的发展与脱变。

　　如今山花已烂漫，先烈应在丛中笑。韭菜坪，这个只用植物作地名的山寨，这个曾经战鼓闹开场的雄关，这里的人们，时刻疏浚着红色的源头，不断构筑着精神的家园，向着更美好的明天迈进。

红色的"拷问"

程 就

从春天的战地采访,到夏季的键盘敲击,再到秋夜的艰难收笔。《风云韭菜坪》在"连播"了四十集之后,今天勉强完成了她的"大结局"。我想,这最后一个标点不会是感叹号,不能是句号,而应该是一串让人沉思得不能自拔的省略号。

窗外开始透进淡雅的晨曦,已经无力、当然也无心去计算这是第几个不眠之夜了。因为我已经感受到阵阵寒意,清晰地听到"霜降"发出的毫不迟钝的脚步声。

点起一根烟,将自己发胀的头颅和发酵的思维埋进腾腾向上的烟雾中。自问:是什么力量,让一次看似普通的采访任务,衍生成一部跌宕的红色史诗,让人欲止还续,欲罢不能? 其实,答案恰如窗外的晨光一样越来越清晰,越来越明亮。是先烈的拷问让我们实现了七十多年的穿越；是先天的责感使我们完成了两个时代的对接。因为，冥冥之中不会全是幻觉，更多的应该是直觉。我相信自己的感觉。

梦幻中，旌德城头那颗滴血的头颅在质问：衣食无忧的生活是否已经将血染的土地覆盖，从此眼中无英雄？

恍惚间，木竹坦上那座高昂的坟茔在询问：娱乐至上的感觉是否已经把刺耳的枪声淹没，今朝有酒今朝醉？

睡意里，歙县陵园那块醒目的碑额在追问：歌舞升平的日子是否已经将红色的历史冲淡，只有惬意在心头？

浮躁时，美女尖下那座神秘的山洞在发问：富而忘本的毛病是否已经让得意的人们麻木，管他冬夏与春秋？

是啊，我们决不能让红色的印记成为秋天的落叶、沙漠的足迹，而应该使她成为永恒的图腾、不朽的雕刻。历史宛如新安江，直入东海不复回。烈士的遗骨已与大山融为一体，茁壮为绿草与鲜花。幸存者们也随着岁月的流逝而相继作古，让本可以的叙说成为了传说。就在我们赶赴安徽芜湖采访老游击队员胡云璋后不久,老人就溘然离世。由此可见,要从岁月手中抢救精神遗产,就必须要和时间比速度。在这一点上,我们做得较好,但不完美。因为,历史不能复制,英灵岂容删除,就如太阳不能永久遮掩、星星难以长久遮盖一样。

新四军是一个被鲜血浸透的铁军番号,皖浙边是一块红色印染的热络土地。作为红色武装前出淳安的桥头堡,韭菜坪的革命斗争史理应成为淳安红色历史的精彩篇幅和重要章节。我们为自己能为此尽力而欣慰,甚至自豪。

在史料搜集过程中,得到了县九届政协文史文化组,王阜乡党委、政府,横路村党组织、村委会及广大村民,安徽省歙县金川乡仁合村党组织、村委会及红色历史传承人等的大力支持。王阜乡文化站叶德喜、县作协徐富荣等同志提供了相关纪实材料,党史专家江涌贵先生给予了精心指导,在此一并表示感谢。

由于作者水平所限,加上写作时间仓促,难免有不足、乃至遗漏之处,敬请广大读者批评指正。

此为后记。